復讐は芸術的に

三日市零

宝島社
文庫

宝島社

復讐は芸術的に

配信者

Case 1

運命なんて信じる性質《たち》ではないが、誰しもターニングポイントはある。自分にとってそれが「女神と出会った日」であることは、疑いようもない事実だった。

夏の日差しもじわじわと勢いを増してきた七月、都内の定食屋「まる山」。築四十五年、年季の入ったカウンター席六つとテーブル席四つの小ぢんまりとした店内は、ランチタイム終了間際の緩慢な空気に満ちていた。

——つい十分ほど前までは。

がちゃん、と派手に食器が倒れる音が響き渡った。慌てて顔を上げた店主の陽平《ようへい》は、音がしたほうを見るなり、深々とため息をついた。

「おぅ、兄ちゃん。この店は客に虫を食わせて金を取ろうってのか」

騒いでいたのは入口近くに陣取っていた男だった。スキンヘッドの強面《こわもて》に屈強なガタイ、口元には大きな傷。スーツの中の悪趣味な柄シャツといい、見てくれからして明らかに一般のお客さんではない。

またか。毎度毎度、ワンパターンな言いがかりを付けてきやがって。

初見であれば急いで謝罪するべき場面だが、残念ながらそうではなかった。それどころか、ここ三ヶ月の間に幾度となく繰り返された、悪夢のような茶番劇である。

陽平は内心で舌打ちしつつ、男が待つテーブルへと向かった。スキンヘッドの連れなのだろう、ロン毛の男が席でニヤニヤ笑いを浮かべている。ロン毛は皿の傍《そば》に取り出された黒い物体を指さすと、わざとらしくテーブルを叩《たた》いた。

「こいつが豚肉の下に入ってたんだよ。危うく一緒に食っちまうところだったぜ」

あまりに見え透いた、雑な小細工だった。生姜《しょうが》焼きの肉を布団に眠る虫がいるなら、自分だってお目にかかりたい。

陽平は一度大きく息を吐くと、努めて冷静に言い返した。

「お客さん、それは絶対に有り得ませんよ。厨房《ちゅうぼう》は毎日消毒して衛生状態に気を配ってますし、こんな大きな虫を見逃すはずありません」

後からセルフでトッピングでもしない限り――と、小声で付け加えると、ロン毛の顔がみるみるうちに赤く歪《ゆが》んだ。

「んだと、客を疑おうってのか。まずは詫《わ》び入れんのが先じゃねぇのか、あぁん?」

小者臭いセリフを吐くと、ロン毛は椅子を蹴倒して立ち上がった。負けじと睨《にら》み返す陽平を横目に、スキンヘッドは奥に座っていた常連客の吉崎《よしざき》さんに向かって更に余計な野次を飛ばす。

「アンタも、こんな小ぎたねぇ店には来ないほうがいいぜ！　食中毒起こすぞ！」

びくり、と肩を震わせて吉崎さんが席を立った。乱暴にテーブルにお代を置くと、面倒はごめんと言わんばかりに、そそくさと陽平の脇をすり抜けていってしまった。

くそ、まただ。また一人、お客さんがいなくなってしまう。

祖父の代から続くこの店を、守りたいだけなのに――

歯噛《はが》みする陽平を囃《はや》し立てるように口笛を吹くと、スキンヘッドはスマホを目の前にちらつかせてきた。

「何なら今すぐ保健所に連絡するか？　不衛生な店があるぞって」

ギリギリのところで我慢していたが、もう限界だった。体中の血液が沸騰したような感覚がして、気づいた時には叫んでいた。

「もういい加減にしてくれ！　これ以上騒ぐようなら、出てってくれ！」

陽平は店内に唯一残っていた、カウンター席の女性を見やった。常連というほどではないが、月に一度は一人で来店し、決まって鰆《さわら》の西京焼《さいきょうや》きを食べていく女性である。

こんなヤクザ映画のような場面に居合わせてしまっては、もう二度と来てはくれないだろう——絶望的な予感の通り、女性は静かに立ち上がった。

ところが。

お代を置いて出て行くかと思いきや、女性は真《ま》っ直《す》ぐ陽平たちのほうに歩いてきた。

「まぁまぁ、お兄さんたち、落ち着いて。イケメンが台無しよ？」

女性はごく自然にスキンヘッドの肩に手をやると、窘《たしな》めるように男のスーツの埃《ほこり》を払っている。洗練された所作に、殺伐とした空気までもが僅かに和らいでいた。

改めてよく見ると、女性はまるでギリシャ神話の女神のような美貌の持ち主だった。モデルのような長身に、色素の薄い白い肌。艶のあるロングのストレートヘアーに薄茶の瞳は、知的ながらもどこかミステリアスな雰囲気を湛《たた》えている。

一瞬、呆《ほう》けていたスキンヘッドが、我に返ったように咳払《せきばら》いをした。

「……何だよ、お姉ちゃん。関係ないなら黙っててくれ」

毒気を抜かれたのか、声に先ほどまでの怒気はない。ロン毛に至っては嬉《うれ》しそうな表情まで浮かべているのだから、現金なものである。

女神は余裕たっぷりに微笑《ほほえ》むと、信じられない言葉を続けた。

「店内での大声での威嚇行為、威力業務妨害。謝罪の要求、強要罪。退店を促したのに出て行かない、不退去罪。……あとは何があったかしら」

すらすらと紡がれた罪状に、男たちの顔が一気に強張った。互いに目配せし合うこと数秒、分が悪いと判断したのか、「覚えてろよ！」と、時代劇も真《ま》っ青《さお》な捨てゼリフを残して出て行ってしまった。

入口の引き戸が閉まったのを見届けると、女神は何事もなかったかのように席に戻っていった。食事を再開するべく手を合わせ、箸で丁寧に鯖の身をほぐしている。

混乱した頭のまま、陽平はひとまず外のプレートを「準備中」にひっくり返した。時間にしてみれば僅か数分の出来事だったが、まるでドラマのような展開に、頭が全く付いてきていない。

散らばった食器類を片付け終わったところで、陽平は改めて女神に頭を下げた。

「さっきはありがとうございました。お客さん、弁護士先生だったんですね」

「『元』ね。まだ資格は持ってるけど、今は小さな調査会社の社長よ」

女神は気怠《けだる》そうに頷《うなず》くと、ごそごそと鞄《かばん》の中を探り始めた。

「調査会社ですか……」

想像とは少し違ったが、一応、弁護士ではあるのだろう。先ほどの堂々とした態度を見るに、優秀であることも間違いない。

ひょっとして、この人なら。いや、でも――

迷いを見透かしたかのように微笑むと、女神は名刺入れからクリーム色のカードを取り出して寄越した。

「アタシはエリスっていうの。困りごとがあるなら、遠慮なくいらっしゃい」

しがない定食屋の未来を決定づける、運命の出会いだった。

1

二週間ほど悩みに悩んだ結果、陽平は結局、エリスの力を借りることに決めた。

渡されたカードによると、エリスが経営する調査会社「Legal Research E」の所在地は表参道――オシャレすぎて素人《しろうと》は目を潰されそうになる街である。

平日のランチと夜営業との合間に予約を入れ、陽平は慣れない地下鉄を乗り継いで表参道に向かった。生まれて初めて降りる駅に、否《いや》が応でも緊張が高まってくる。

夏休みはまだ先だが、観光客は多いのか、大通りは人で溢《あふ》れていた。写真を撮りながら歩く彼らはこの上なく楽しそうで、悩みすぎて連日睡眠不足の自分とは雲泥の差である。酷《ひど》く惨めになってきて、陽平はつい歩く速度を速めた。

日差しが照りつける中、陽平は迷いながらも目的地に辿《たど》り着いた。大通りから一本入った裏道の奥、美容室でも入っていそうな雑居ビルは、こんな用事でもなければ絶対に立ち入らないであろう、こじゃれた空気に満ちている。

階段で二階まで上がり、意を決してインターホンを鳴らしたまではよかったが――陽平はすぐに自身の判断を後悔する羽目になった。

扉の奥で陽平を出迎えたのは、どこからどう見ても小学生の少女だったのである。

「ご予約の丸山《まるやま》様ですね。お待ちしておりました、どうぞ」

少女は慣れた様子で一礼すると、ソファーを勧めてきた。どこから何からどう突っ込めばいいのか、思わず自分の口が開いたのがわかる。

ちょっと待て。何でいきなり小学生が出てくるんだ。

意味不明な状況に直面すると、人は言葉が出なくなるらしい。困惑する陽平には構わず、少女はキッチンに引っ込むと、ティーカップを載せたお盆を運んできた。

「申し訳ございませんが、所長の衿須《えりす》は前の案件が長引いております。間もなく戻りますので、お掛けになってお待ちください」

そこでようやく、自分が入口に突っ立ったままだということに気が付いた。陽平がカップの前の席に腰を落ち着けたところで、少女は頷いて目礼した。

出された紅茶を一口だけ飲みながら、陽平は改めて室内を見渡した。この革張りソファーもそうだが、一般的なオフィス用品とは違ったヴィンテージ風の家具類は、持ち主のセンスと拘《こだわ》りを感じさせる。奥の木製デスクに置かれたパソコンと、何故か部屋の隅にある業務用テレビカメラ（何に使うのだろう？）だけが妙に現代的だが、それ以外は概《おおむ》ね統一感のある内装だった。左右の本棚はアンティーク調の布で目隠しされていて、ちょっとした書斎のような雰囲気もある。

忙《せわ》しなく視線を彷徨《さまよ》わせていたところで、傍に座っていた少女と目が合った。小さな顔に大きな丸眼鏡《まるめがね》、紺色ブレザーの制服がいかにも賢そうだ。

「あの。お嬢ちゃんは」

「メープル、とお呼びください」

変わった名前だ。流行《はや》りのキラキラネーム、というやつだろうか。

「メープルちゃんは何年生なの？」

「小学四年生です」

その一言で会話は終わり、気まずい沈黙が訪れた。店のお客さんになら世間話の一つもできるが、この大人びた少女が相手では、何を話したらいいのか見当も付かない。

くそ、一体どうしろというんだ。何でこんな風に気を遣わなければ……

と、そこで入口の扉が開く音がした。

「あぁもう、あっつい。いくら商談だからって、この炎天下でジャケットまで着ていくもんじゃないわよねぇ、ったく」

エリスの声だった。

良かった、やっと女神が戻ってきてくれた。きっと、あの凛《りん》とした眼差しで、自分の悩みに的確なアドバイスを……

勢いよく振り向いた陽平の視線の先にいたのは、あの日と同じ薄茶の瞳の——

——男だった。

男はこちらを一瞥《いちべつ》すると、嬉しそうに目を細めた。

「やっぱり、定食屋のお兄さんじゃなぁい。待ってたわよ」

「あ、はい。え？」

上から下まで見てもやはり男、それも随分なイケメンである。爽《そう》やかな短髪にハーフのような彫りの深い顔立ちは、メンズモデルと並べてみても遜色《そんしょく》がない。着ている紺のジャケットとチノパン、リムレス眼鏡の装いは上品で、どこか業界人っぽいオーラがあった。

男は陽平の傍に歩み寄ると、ぽんぽんと肩を叩いてきた。

「絶対、来ると思ってたのよねぇ。大分切羽詰まってたみたいだし」

嫌な予感がしてきた。このハスキーボイス。女性的な話し方。まさか……

それまで黙っていた少女が顔を顰《しか》めた。

「ボス。お待たせしてるんですから、さっさと着替えてきてください」

ボス、即《すなわ》ち所長のエリス。イコールこのイケメン。ということはつまり……

「男性、だったんですか？」

導き出された衝撃的な結論に、立ちくらみを起こしそうだった。問いには答えずウインクだけ返すと、女神改め男神は奥の部屋に消えていく。

呆《あき》れた様子で額に手をやる少女の気持ちが、今なら痛いほどよくわかった。

そこから更に二十分ほど待たされている間、少女が会社の説明をしてくれた。

ここは法律相談ができる探偵事務所で、いわゆる調査会社の一種。先ほどの美女、もといイケメンは所長の衿須鉄児《てつじ》、弁護士資格は有している。おネエ言葉はあくまで「本人の趣味」のため、特に気にしなくてもいい、とのこと。

そしてこの少女——「メープル」というのは仕事中のコードネームで、本名は佐藤《さとう》楓《かえで》。主な業務はエリスの秘書兼お世話係、らしい。

にわかに信じ難い話だった。フィクションの設定でも聞いたことがない。

所長はおネエで秘書は小学生だなんて、一体どうなってるんだ、この会社は。

大体、小学生が当たり前のように働いているのも、よく考えてみればおかしな話だった。詳しいことは知らないが、何かの法律で『アルバイトができるのは高校生以上』と定められていたはずだ。

頭の中に渦巻くクエスチョンマークはとりあえず隅に追いやり、少女の横顔に向かって話しかけた。

「メープルちゃんは、こんな風に働いていて大丈夫なの？」

我ながら抽象的な問いだったが、メープルは即座に意を汲《く》んで頷いた。

「問題ありません。私はボスに役者として雇われているだけですので」

「……役者？」

メープルは持っていた書類をテーブルに置くと、咳払いをした。

「労働基準法第五十六条第二項です。『映画の製作又は演劇事業については、満十三歳に満たない児童であっても就労することができる。テレビや映画に出演している、いわゆる〈子役〉がこれにあたる。児童の健康及び福祉に有害ではなく、かつ、軽易な労働である必要がある』。つまり私は映画作品における秘書、メープル役として雇われているということです」

条文のようなものを諳《そら》んじると、メープルは部屋の隅にある業務用テレビカメラを指さした。

「あちらのカメラで今も撮影中です。もちろん、依頼人の方の肖像権は侵害しないよう編集しますので、ご安心ください」

慌てて振り返ると、確かにカメラの赤ランプが点灯している。いつの間に起動していたのだろうか。

話を聞きながらも、陽平の疑念は膨らむばかりだった。労働基準法だの肖像権だの小難しい話はよくわからなかったが、要するに「法的にはセーフな形で小学生を雇用している」と言いたいのだろう。

しかし、この事務所が世間の常識から外れていることは紛れもない事実である。本当に真っ当な業者なら、小学生を雇おうなんて極端な発想には至らないはずだ。

「悪いわね、お待たせしちゃって」

角を立てずに帰る方法を考えているうちに、着替えと化粧直しを済ませたエリスが戻ってきた。ウィッグを被《かぶ》っているのか、髪型が以前見たロングのストレートヘアーになっている。着替えてきた黒のワンピース姿は、先ほどの業界人のような恰好《かっこう》とは打って変わって、ギリシャ彫刻のような美しさだ。

……男だが。

陽平は慌てて立ち上がると、勢いよく頭を下げた。

「すみません。やっぱり自分で対処するべき問題だと思いますので、失礼します」

ろくに調べず予約を入れてしまったことが猛烈に悔やまれた。こんな得体の知れない事務所に相談したところで、悩みが解決するとは思えない。

回れ右して出て行こうとする陽平の背中に、エリスはのんびり問いかけてきた。

「あら、本当にいいの？　困ってるんじゃないの？」

反射的に足が止まった。確かに自分は今、困っている。だが――

振り向きざま、一言一句をはっきりと言い放った。

「いいんです。とにかく、相談はキャンセルします。お騒がせしました」

「残念ねぇ。依頼内容、当ててあげようと思ったのに」

エリスは悪戯《いたずら》っぽく微笑むと、優雅に髪をかき上げた。

「グルメ系YouTuberの『モグ太郎《たろう》』の件、でしょ？」

自分の耳を疑った。

何で。何でそのことを。予約フォームには「店舗に対する嫌がらせ行為への対応について」としか書いてないのに――

よほど驚いた顔をしていたのだろう、エリスは「ドッキリ大成功」とばかりに舌を出すと、ぱちん、と指を鳴らした。

「騒いでたお兄さんたちの様子がおかしかったから、GPSを仕込んでみたのよね」

「GPSって、そんなの一体いつ……」

言いながら、すぐに気付いた。スキンヘッドのスーツの埃を払った――あの時だ。

一気に背中に悪寒が走る。あの一瞬で、そんなことをしていたのか。

エリスは悪びれもせず、種明かしを続ける。

「彼らは神楽坂《かぐらざか》のオフィスビルに向かい、そこで動きを止めた。慌てて逃げた手前、報告が必要だったんでしょうね。で、ビルのテナントを調べてみたら、飲食店に関係しそうな業種は、グルメ系YouTuber『モグ太郎』の個人事務所だけ。犯罪スレスレキーだった……」


だったけど、収穫があって良かったわぁ」

いや、スレスレというか。普通にアウトじゃないのか、それ。

「何で都合良くGPSなんて持ってたんですか」

「あの日はちょうど前の調査が終わって、回収してきた直後だったの。我ながらラッキーだった……」

言い終わらないうちに、メープルが鋭い目でエリスを睨み付けた。

「ボス。常日頃から言ってますが、備品の精密機器をあっさり回収不能にするのはやめてください。案件に繋《つな》がったから良かったものを」

だから案件には――と言いかけたところで、エリスと目が合った。

薄茶の瞳が、挑むようにこちらを見つめている。

自分の中で何かが、かちり、と切り替わる音がした。

そうだ。この人は咄嗟《とっさ》に機転を利かせて情報を摑《つか》み、相談内容を看破した。

恐ろしいほどに頭の回転が速く、躊躇《ちゅうちょ》なくグレーな手段を選べるこの人なら――自分が今抱えている問題も、何とかしてくれるかもしれない。

陽平は再びソファーに戻ると、真っ直ぐにエリスを見据えた。

「キャンセルは撤回します。話を聞いてもらえませんか」

頷くエリスの完璧な笑みは、女神のようにも悪魔のようにも見えた。

2

『モグ太郎』は動画『グルおじちゃんねる』を運営する、チャンネル登録者数三万人のYouTuberである。

前職はグルメ雑誌の編集長で、老舗《しにせ》の高級店も平気でこき下ろすなど、忖度《そんたく》のないコメントで有名だった。食レポも巧みで、芸人風のリアクションと専門的なコメントを武器にチャンネル登録者数を伸ばしている、中堅どころの配信者である。

モグ太郎は動画のほかイベントや視聴者との交流にも力を入れており、信者のような熱狂的なファンが多いことでも有名だった。本人のキャラも強烈で、トレードマークの赤眼鏡と決めゼリフの「元編集長の名に懸けて！」は、ファンの間でちょっとしたモノマネのネタになっている。

動画のメイン企画は「看板メニュージャッジ」と「格付けABテスト」の二つで、視聴者を飽きさせないよう、それぞれにスタジオ収録版と生放送版とが用意されていた。特に生放送版はアポなしの突撃取材が多く、その場にいる一般人をも巻き込んだライブ感が面白いと人気だった。

三ヶ月前、「まる山」は『グルおじちゃんねる』の「看板メニュージャッジ」企画の対象に選ばれた。それも生放送版、アポなし突撃取材回に、である。

間の悪いことに、その日「まる山」は貸切営業中で、陽平は突然店先に現れたモグ太郎の撮影チームの取材オファーを丁重に断った。その際、モグ太郎に「どなたですか?」という、不用意な一言をお見舞いしてしまったのである。

モグ太郎は愛想笑いを浮かべて去っていったが、陽平の取材拒否と無礼な発言がいたく気に障ったらしい。早速、翌日から「まる山」に嫌がらせを繰り返してくるようになった。

最初は『グルおじちゃんねる』内での酷評だった。モグ太郎は「まる山」の看板メニューである生姜焼きをボロクソに貶《けな》した挙げ句、取材交渉時の映像に悪意ある編集を施したうえで公開した。陽平の「他のお客様の迷惑になります」という発言の「迷惑になる」の部分だけを切り出し、強いトーンに聞こえるよう細工したのである。

視聴者からすれば、店主が取材依頼を無下に断ったように見えたのだろう。動画は瞬く間に拡散され、炎上してしまった。

同じ頃、グルメサイト上での「まる山」の評価が急落した。モグ太郎は信者と結託して、意図的に評価を下げる「低評価爆撃」を仕掛けてきているらしく、実際に店に来ていないと思われるユーザーからの低評価が相次いだ。削除依頼を出しても焼け石に水で、悪評は蓄積されるばかりだった。

そのうち、実店舗にも被害が出始めた。ランチタイムには毎週のようにチンピラがやって来て大騒ぎしているし、扉に中傷の張り紙をされたり、入口にゴミを撒《ま》かれたりしたこともある。

日々の嫌がらせへの対応で、陽平は次第に疲弊していった。それでも歯を食いしばって営業は続けていたが、雇っていたアルバイトもチンピラを恐れて辞めてしまうし、実質的にワンオペ状態に陥ってしまっていた。

陽平は必死で耐えていたが、ついに堪忍袋の緒が切れた。法的手段も辞さない構えで、モグ太郎の個人事務所宛に電話で直談判《じかだんぱん》を試みたのである。

「一体どういうつもりですか。たかが取材を断ったぐらいで、いくら何でもやりすぎでしょう」

「何だぁ、お前？　いきなりワケわかんないこと言ってんじゃねぇよ」

モグ太郎は電話口でのらりくらりと苦情を躱《かわ》していたが、陽平はめげずに続けた。

「とぼけないでください。グルメサイトでわざと大量に低評価を付けさせたり、ガラの悪い人たちをお店に差し向けたり。全部、あなたとファンの仕業ですよね」

「おいおい、人聞き悪《わり》ぃなぁ。お前の店が不味《まず》いからじゃねぇの？　お客様の真摯《しんし》なご意見に逆ギレしてんじゃねぇよ」

白々しくとぼけてみせると、モグ太郎はげらげらと笑いだした。

「とにかく、嫌がらせをやめないなら、こちらにも考えがあります」

その一言で潮目が変わった。モグ太郎は舌打ちするとともに、ドスの効いた声で凄《すご》んできた。

「元はといえば、俺の顔に泥を塗った奴が悪いんだろーが。大体、証拠はあんのか？　証拠がなければ、何されたって文句は言えねぇんだよ！」

勢いよく電話は切られ、陽平は絶句するほかなかった。嫌がらせをやめさせるどころか逆に怒らせる結果になってしまい、事態が更に悪化したことは確定的だった。


話が終わると、エリスは心底不快そうにため息をついた。

「中途半端な有名人ほど、プライドが高くて手に負えないのよねぇ。何が『元編集長の名に懸けて！』よ、しょうもない」

陽平もまったくの同意見だった。いくら知らなかったとはいえ、ここまで執拗《しつよう》な嫌がらせは常軌を逸している。

横でノートパソコンを操作していたメープルが顔を上げた。

「どうやら、モグ太郎の動画が原因で廃業を余儀なくされた飲食店は他にもあるみたいですね。あくまでネット掲示板の噂《うわさ》レベルですが」

特に驚くような話でもなかった。丁重に断ってもここまで粘着してくるのだから、ぞんざいな扱いをした店の末路は想像に難くない。

陽平は背筋を伸ばすと、相談内容の核心部分を切り出した。

「俺は祖父の代から続く店を守りたいだけなんです。何か、こちら側で取れる法的手段はないんでしょうか」

　エリスは口元に手を当てたまま、真剣な表情で考え込んでいる。

　返事を待っている間にも、期待は高まっていた。エリスならきっと、奇跡的な逆転方法を指南してくれるはず……

「ないわね」

「え？」

　提示されたのは、到底、納得し難い結論だった。

「で、でも。奴が嫌がらせを仕掛けてきてるのは間違いないんですよ」

「残念ながら、全面的にあっちの言う通りね。証拠がないなら法に触れているとは言えないし、罪に問うこともできない」

「そんな。エリスさんまで、法に触れなければ何をしてもいいって言うんですか」

　エリスは美しい眉を上げた。

「ええ、その通りよ。『法に触れない限り、何をしたって許される』の。少なくともこの国では」

　無慈悲な言葉に、体中の力が抜け落ちていく。

　そんな。そんな馬鹿な話ってあるか。被害を受けているのはこっちなのに。

　握りしめていた拳が震えだした。何か言うべきなのはわかっているが、うまく考えがまとまらない。

黙り込んだ陽平を見かねたようにため息をつくと、エリスは手元のバインダーを開いた。

「とはいえ、嫌がらせは看過できないわよね。アンタ、何か対策はした？」

そうだ。自分だって何もしてこなかったわけじゃない。

陽平はスマホのアルバム画面を開くと、エリスに手渡した。

「張り紙やゴミなどの被害履歴は全部、写真に残しました。警察にも相談して、店舗付近の見回りも強化してもらってます。常連さんにも事情は説明済みです」

エリスは陽平のスマホを二、三度操作すると、肩を竦《すく》めた。

「努力は認めるけど、根本的な対策とは言い難いわね。本気で嫌がらせをしてくる相手には太刀《たち》打《う》ちできない。悠長に構えてると、本当にお客さんが来なくなるわよ」

「そんなことありませんよ、常連さんはわかってくれてます。ほとぼりが冷めたら、きっと戻ってきてくれるはずです」

エリスの声に微《かす》かな苛《いら》立《だ》ちが滲《にじ》んだ。

「ほとぼりが冷めるって、一体いつ？　それまでお店を続けられるの？」

「厳しいですが、続けてみせますよ。うちの味が好きだって、来てくれる人がまだいるはずですから」

「甘いわね。アンタの店は確かに美味《おい》しいけど、飲食店なんて他に腐るほどあるのよ。誰がわざわざ、そんな面倒な店に行きたがるの？」

諭すような眼差《まなざ》しのまま、エリスははっきりと言い放った。

「『店を守りたい』なんて威勢のいいこと言ってたけど、とんだ甘ちゃんね。どんなに信用を積み上げていても、崩れるのは一瞬なのよ」

陽平は何度か口を開きかけたが、結局、何も言えずに俯《うつむ》くしかなかった。

もちろん、自分でもわかってる。店が今、消滅の危機に瀕《ひん》していることぐらい。

でも――

「本気で対策するには、どうしたってお金がかかります。改装費用として積み立ててきた預金はありますけど、悪党のために使うなんて御免ですよ」

「あのねぇ。世の中には、いくら道徳を説いても通じない相手が存在するの。そしてどんなに自分に非がなくとも、火の粉が降りかかってくることはある。お金は使うべき時に使わないと、大切なものは守れないのよ」

一息で言い切ると、エリスは真っ直ぐにこちらを見据えた。

「本気で店を守りたいなら、アンタ自身が覚悟を決めることね」

必死の言い分までも完膚《かんぷ》なきまでに叩きのめされ、陽平はすっかり混乱していた。

エリスの言葉は正しい。どうしようもなく正しいが――恐ろしいほどに厳しい。ただでさえ弱っていた心が、今にも折れてしまいそうだった。

だが、不思議と怒りは感じなかった。「まる山」の未来について真剣に考えてくれているからこその、この物言いなのだ。

エリスの言う通り、足りないのは自分が——覚悟を決めることだけだ。

陽平はゆっくりと顔を上げた。

「……お金を払えば、店を守れるんですか」

「守れるわよ。アタシの手にかかればね」

その一言で、心は決まった。

「あんな卑怯《ひきょう》な奴らに屈したくありません。店を守る方法を教えてください」

エリスは満足そうに頷くと、ぱちん、と指を鳴らした。

「良い目になったじゃない。やっと裏メニューを紹介できるってもんだわ」

裏メニュー？　と陽平が訝《いぶか》しがっていると、突然、室内が真っ暗になった。

「て、停電？」

思わず立ち上がろうとしたところで、背後から伸びる光がスポットライトのようにエリスを照らす。ライトを掲げている人物の姿は見えないが、恐らくメープルだ。

エリスは「そのまま座ってなさい」とジェスチャーで示すと、立ち上がった。

「正攻法で戦えないなら、奇策を用いて戦うしかない。つまり『二度と手を出してこないよう、徹底的にやり返す』——『合法的に復讐《ふくしゅう》する』のよ」

合法的に復讐する、だって？　そんな物騒なこと、本気で言ってるのか。

こちらの動揺には構わず、エリスはゆっくりとソファーの裏手に歩を進める。

「日本で私刑は禁止されてるから、完璧に合法なやり方は存在しない。でもアタシなら『バレても言い逃れが可能なレベル』の策を講じられる」

エリスは歌うように囁《ささや》くと、本棚の近くでターン。軽やかなステップとともに、目の前まで迫ってきた。

「法律の範囲内で、最大限のダメージを与えるの。内容が道徳的かは、保証はいたしかねるけど」

エリスは両手でスカートの端を持ち上げると、恭しくお辞儀をした。突如、目の前で繰り広げられた迫力の舞台に、陽平は呆然《ぼうぜん》と拍手を送るので精一杯だった。

正直に言って、そこから先の話は更に信じ難いものだった。

暗かった照明が元に戻ると、今度はメープルが、何事もなかったかのように契約書のようなものを読み上げ始める。

「ご紹介の通り、弊社では裏メニューとして『Legit Revenge』、つまり『合法的な復讐』を取り扱っています。金銭的か社会的かを問わず、相手にとって一番嫌なことが起こるよう裏工作を行うことが主なサービス内容です」

モグ太郎に、あくまで間接的にやり返すということか。メープルがちらりとエリスを見やると、エリスは何やら謎のピースサインをしている。

「稼働期間は二ヶ月だそうです。料金は……相場は中古車一台分程度ですね。分割払い、後払いも対応可能ですので、ご相談ください」

その程度であれば、例の虎の子で何とかできそうだった。陽平が頷いたのを確認すると、メープルは話を締めくくった。

「以上が基本的なサービス内容になりますが、何か質問はございますか？」

聞きたいことは山ほどあった。サービス内容以前に、確認したいことが。

「あの。さっきのミュージカルみたいな演出って……」

「あれは単にボスの趣味です。深い意味はありません」

特に意味はないのかよ。

がっくりと肩を落とす陽平を見てくすくす笑うと、エリスは足を組み替えた。

「それじゃ早速、始めましょうか。台本の打ち合わせ」

「……台本？」

「ボスは一つ一つの復讐計画を舞台に見立てるんです。よってこれからの会話は全て、犯罪指南にも共謀罪にも当たりません」

メープルの補足説明で、建前の部分がようやく理解できてきた。

なるほど。ここでも、あくまで『合法的に』作戦を練るわけか。さすがグレーな業態だけあって、言い逃れへの対策が徹底している。

一方、エリスはバインダーを眺めながら何やら難しい顔をしていた。

「今回は仕込みにちょっと手間がかかるのよねぇ。ま、やるしかないんだけど」

そのままメープルを呼び寄せると、何事か耳打ちする。瞬間、それまで無表情だったメープルが露骨に嫌そうな顔をした。

「……承知しました。但《ただ》し、残業代はきっちり請求させてもらいます」

一体、何を指示したんだ。そして自分は一体、何をすればいいんだ。

緊張を覚えつつ視線をやると、エリスはあっけらかんと答えた。

「あぁ。アンタは向こうに面が割れてるし、直接は参加しなくていいわよ」

安心したような、肩透かしを食らったような気分だった。エリス一人に任せてしまって、本当に大丈夫なのだろうか。

こちらの不安を見透かしたように微笑むと、エリスは優雅に小首を傾《かし》げた。

「大丈夫。アンタは料理人で、料理のプロなの。悪巧みは――悪巧みのプロに任せておくものよ」

3

「直接は参加しなくていい」と言われたものの、エリスからは三つの指示があった。

一つは、店の内外に監視カメラを仕掛けるために業者の対応をすること。もう一つは、再度モグ太郎に電話で苦情を入れ、その際の会話を録音すること。そして最後は一番重要な——何があっても必ず店の営業は続けること、である。

事前の説明通り、翌日にはもうツナギ姿の作業員たちが店にやってきて、あっという間にカメラを設置してしまった。これで一つ目の指示は完了だ。

続けて陽平はモグ太郎の事務所に電話を入れ、再度の申し入れを行った。反応は前回とほぼ同じで、取り付く島もない。何なら電話口で「殺すぞ」と詰め寄ってきたり、前より逆上している感じすらある。

陽平は通話の録音データをエリスに送ると、モグ太郎の様子を電話で報告した。

「大丈夫なんでしょうか。余計に怒らせてしまった気がするんですが」

「良いのよ、むしろそれで成功。監視カメラで物理的な対策は済んだから、あとはもう少し心理的なジャブを打っておかないとね」

心理的なジャブ、とは何だろうか。特に説明はないまま、電話の向こうでぱちん、と指を鳴らす音がした。

「それじゃ、早速始めるわよ。まずは第一幕、『当面の危険を減らす』から」

翌日、相変わらずの閑古鳥《かんこどり》が鳴く中、「まる山」に一組の客が入ってきた。

ランチタイムには珍しい、まったくのご新規さんだった。スーツ姿の男女二人連れで、ぱっと見では会社の上司と部下のように見える。

男のほうは黒髪のセンター分け、小柄だが肉食獣のような目つきが印象的だった。

後ろに続く女のほうは黒髪のボブヘアーが大人しそうで、あまり目立つタイプではなさそうである。

二人は一番奥のテーブル席につくと、メニューを開いた。

厨房からは二人の横顔しか見えなかったが、女の顔にはどこかで見覚えがあった。

お冷やを持って席に近づいたところで、陽平はようやくその正体に思い至った。

間違いない。就活生のような地味なメイクと眼鏡で変装しているが、女のほうは紛れもなくエリスだ。

「……ご注文はお決まりでしょうか」

探るように目をやると、エリスはそっと人差し指を唇に当て、いつもの西京焼きを注文した。男はこちらの無言のやり取りには気付かないまま、真剣な顔でメニューを見つめている。

たっぷり三十秒ほど悩んだ末に、男は生姜焼き定食を注文した。メニューをテーブルの端に戻すと、不機嫌そうに口を開く。

「一体どういう風の吹き回しだ？　いきなり昼飯をおごるだなんて」

「別に何も？　ケンちゃん、こういう庶民的なお店、好きだったでしょ？」

ケン、と呼ばれた男は鼻を鳴らすと、鋭い目でエリスを睨みつけた。

「大体、そのふざけた恰好は何だ。歳《とし》を考えろ」

「あら、失礼しちゃうわ。そういうの、エイジハラスメントって言うのよ？」

棘《とげ》のある物言いを躱しつつ、エリスはにっこりと笑みを返した。さっきからどうも和やかな会話には聞こえないが、仲が悪いわけではなさそうである。

エリスが黙って、変装までして男を連れてきた意図はわからないが、きっと何か理由があるのだろう。陽平は会話に聞き耳を立てつつ、調理に専念することにした。

その後もエリスはたわいもない世間話を続けていたが、ケンは気のない相槌《あいづち》を打つばかりだった。そのうちに二人分の料理が完成し、席に向かったところで、エリスが唐突に話しかけてきた。

「そういえば、このお店、チンピラに嫌がらせをされてるんですって。警察にも相談したけど、証拠がないから対応できなくて……大変なのよね、店長？」

いきなり話を振られ、陽平が挙動不審に頷いたところで、引き戸が開く音がした。

「よぉ。やってるか」

振り返ると、先日のスキンヘッドとロン毛のチンピラだった。二人はずかずかと店に入ってくるや否や、カウンター席に陣取って大声を上げた。

「どうした、早く注文取りに来いよ！　とろいんだよ！」

陽平は慌てて二組の客を見比べたが、チンピラはニヤニヤ笑っているだけだった。先日とは髪型も雰囲気もまるで異なるエリスの姿に、同一人物だと気付いてもいないらしい。

「あら、大変。きっと例のチンピラじゃない？　怖いわぁ」

エリスはわざとらしく小首を傾げたが、ケンは無視して生姜焼きをつつき始めた。

その間もなお、ロン毛はこちらに向かって野次を飛ばし続けている。

「おい、今日は虫入りの生姜焼きは出さねぇのかよ？　あぁそっか、あれはスペシャルメニューだったもんなぁ！」

ケンの動きがぴたり、と止まった。

口に入れる寸前だった生姜焼きの一切れを皿に戻すと、ケンは苛立ったようにため息をついた。

「……そういうことなら、先に説明しとけ」

そのまま立ち上がり、音もなくチンピラに歩み寄る。ケンは穏やかな笑みを浮かべたまま、丁寧な口調で話しかけた。

「すみませんが、少し静かにしてもらえますか。他のお客さんにも迷惑だ」

「あぁ？　いきなり何だてめぇ」「やんのかこのチビ」と、チンピラたちがお決まりのセリフを吐いた瞬間——

空気が凍った。

ケンは全身から禍々《まがまが》しいオーラを噴出させたかと思うと、獲物を定めたクロヒョウのような目つきで二人を睨み付けた。突然の豹変《ひょうへん》にチンピラたちは気圧《けお》されながらも瞬時に身構え、あわや激突寸前である。

陽平は即座に理解した。こいつら二人はケンの——地雷を踏んだのだ。

ケンは気を落ち着かせるように一度息を吐くと、懐から黒いものを取り出した。

「……警察です」

チンピラたちが同時に驚愕《きょうがく》の表情を浮かべた。ケンはちらりと入口を見やると、スキンヘッドが口を開く前に顎をしゃくった。

「ちょっと外でお話を聞かせてもらえますか。お時間は取らせませんので」

ロン毛がじりじりと後退したが、ケンはそれも見逃さなかった。ロン毛の肩を摑んで「聞こえませんでしたか？」と囁くと、まとめて二人を外に連れ出していく。

再び目の前で繰り広げられた大捕物に、陽平は呆然とその場に立ち尽くしていた。

肩を叩かれて我に返ったところで、エリスが二人分の会計とメモを握らせてくる。

エリスはウィンクすると、店の裏口から出て行ってしまった。


渡されたメモには「あとで事務所にいらっしゃい」とあった。一連の出来事をうまく消化できないまま、陽平は休憩もそこそこにエリスの事務所に駆け付けた。

扉を開くと、エリスはソファーで紅茶を飲んでいるところだった。就活生ルックからは一転、いつもの女神のようなワンピース姿である。今更ながら、先ほどの女性と同一人物とは思えない。

ざっと執務室を見渡してみたが、今日はメープルの姿が見えなかった。首を傾げたまま奥のキッチンに目をやると、いた。――メープルだ。

メープルは無表情のままパソコンに向かっていた。何故か目の前にはノートパソコンが五台も横並びで置かれており、忙しなく左右に移動しながらキーを叩いている。何だかひと昔前のテクノ・ミュージシャンに見えなくもない。

エリスがソファーを勧めてくるのと同時に、陽平は口を開いた。

「さっきの連れの方、刑事さんだったんですか」

「そ、学生時代からのお友達。善良な市民を守るのに一肌脱いでもらっちゃった」

メープルがキッチンから大声でツッコミを入れてくる。

「厳密には管轄外の仕事を押し付けたんです。富沢《とみざわ》刑事は捜査一課の方ですので」

捜査一課の刑事なんて本当に存在するのか、とぼんやり考えていたところで、脳内に先ほどのケンの発言が蘇《よみがえ》った。

『……そういうことなら、先に説明しとけ』

……まさか。

陽平は恐る恐るエリスに問いかけた。

「ひょっとしてさっきの、事前に相談してなかったんですか？」

「してないわよ？　言ったらそもそも来てくれないし」

何故か自分のほうが嫌な汗が出てきた気がするが、エリスは涼しい顔である。

「心配しなくても大丈夫よ、ケンちゃんもプロだから。多分そろそろ……」

見計らったように、エリスのスマホに着信が入った。エリスは通話をスピーカーモードに切り替えると、応接テーブルの中央に置く。

「はぁい、ケンちゃん。さっきはありがと」

「やってくれたな、テツ」

開口一番、ケンの怒りが爆発した。テツ、とはエリスのことだろうが——顔を見ずともわかる不機嫌そうな声で、ケンは一気に捲《まく》し立てた。

「高い昼飯代だった。最終的には所轄に引き渡したが、面倒なことさせやがって」

「あら、そんな苦情を言うためだけに、わざわざ電話してきたの？」

エリスの挑発には乗らず、ケンは早口で続ける。

「あの場にいた関係者に、一応の報告だ。アイツらは金で雇われたチンピラで、反社会勢力との繋がりはない。雇い主はモグ太郎とかいうYouTuberだそうだ。残念ながら、それだけじゃ証拠不十分で令状は出せないが」

わかっていたことだが、改めてモグ太郎の仕業と明言されると、腸《はらわた》が煮えくり返る思いだった。エリスは哀《かな》しそうな顔で首を傾げている。

「残念ねぇ、令状は無理だなんて。せっかく雇い主の名前がわかったのに」

僅かな沈黙の後、ケンが大きく咳払いをした。

「今の話は全部、店の前で聞いた。運が良ければ、監視カメラに映ってるかもな」

「あら、そうなの？　知らなかったわ。さすがケンちゃん、抜かりないわねぇ」

わざと大袈裟《おおげさ》に驚いたようなエリスの声を聞きながら、陽平は全身に鳥肌が立つのを感じた。

これがプロなのだ。事前の打ち合わせもなしに、全てを察して最適解を選ぶ――エリスが最初に店に監視カメラを設置させた意味も理解できた。店にいた時の二人の険悪な空気も、信頼のなせる技ということなのだろう。

驚きっぱなしの陽平の存在を知ってか知らずか、ケンは「とにかく」と話を締めにかかった。

「次に同じような騙《だま》し討ちをやってきたら、殺すぞ」

警察官らしからぬ暴言を残して、勢いよく電話は切れた。

4

ケンには迷惑をかけてしまったが、実際、効果は抜群だった。弁護士と警察官による二重の牽制《けんせい》のおかげで、店への直接的な嫌がらせはぴたりとやんだのである。

これなら当分、お客さんに危険な思いをさせることもない。陽平は思い切って、常連さんたちに連絡を取ってみることにしたが――結果は芳しいものではなかった。

皆が皆、「落ち着いたら伺うよ」「その内にね」という、判で押したような断り文句を寄越してくるのだ。エリスの言う通り、やはり一度離れたお客さんの心を取り戻すのは簡単ではない。陽平は事態の深刻さを嫌というほど実感した。

翌週のランチタイム前、エリスが店にやってきた。

「偉いじゃない。ちゃんと毎日、営業してるわね」

「客入りは相変わらずですけどね。まぁ地道にやります」

お冷やを出そうとした陽平を制すると、エリスは奥のカウンター席で頬杖《ほおづえ》をついた。

「追加で一つ、宿題を出そうと思ってね。最近のだけでいいから、モグ太郎の動画は見ておきなさい」

あんな奴が面白おかしく喋《しゃべ》る姿なんて、積極的に見たいとも思わないが――陽平は強い口調で言い返した。

「仕組みはわからないですけど、動画の再生数に応じて広告料が入るんですよね？　わざわざ敵を儲《もう》からせるようなことをしなくてもいいじゃないですか」

エリスは小さく首を振った。

「アンタもモグ太郎も、長期的な視点が足りないわね。最終目的を達成するために必要なことなら、敵に塩を送るのも戦略の一つよ」

「エリスさんは動画、見たんですか」

「見たわよ？　もちろん今出てる二百本、全部」

事もなげに答えるエリスに、もはや驚く気力も失《う》せた。「参りました」と小さく両手を上げる陽平に、エリスは揶揄《からか》うように舌を出した。

「特に三日前の格付けＡＢテストの動画は見ものよ。見たら今度、感想を聞かせて」

それだけ言い残すと、エリスは颯爽《さっそう》と店から出て行ってしまった。


いつもより長く感じたランチタイムはその後も客が来ないまま終わり、陽平はさっさと外のプレートを「準備中」にひっくり返した。続けて中央のテーブルにノートパソコンをセットし、『グルおじちゃんねる』のページを開く。

チャンネル登録者数は三万一千人と、前に見た時より増えている気がする。全員が全員、モグ太郎のファンというわけではないだろうが、それでも一般人からすれば驚異的な数字である。

目当ての動画は新着動画の最上段にあった。新着動画の割に妙に再生回数が多いが、陽平は構わず再生ボタンを押した。

ジングルとともにタイトルがポップアップするオープニングに続き、赤眼鏡の中年男がハイテンションで喋り始めた。今回は収録版のようで、背景もスタジオである。

「はいどーもー、モグ太郎です！　始まりました『グルおじちゃんねる』、久々の格付けＡＢテスト回です。高級食材と安物食材を食べて当てられるのかっていう、いつもの無茶振り企画ですね、はい」

気さくな笑顔は、とても電話で恫喝《どうかつ》してきた人物と同一人物とは思えない。外面《そとづら》の良さに半ば呆れながらも、陽平は引き続き画面を注視した。

「今のところ僕、勝率八割なんでね。僕の舌を騙せるお店は現れるんでしょうか。それじゃ今日もバシッと当てちゃいましょう！　元編集長の名に懸けて！」

画面が代々木《よよぎ》にあるというイタリアンレストランに切り替わった。住宅街の片隅にあるレンガ造りの建物はいかにも隠れ家的な風情で、若い人にも人気がありそうだ。

店内には赤いギンガムチェックのクロスをかけたテーブルが並び、庶民的な雰囲気もある。「まる山」がイタリア風になったら、案外こんな感じかもしれない。

モグ太郎の簡単なお店紹介コメントとともに、奥からウェイターが現れた。黒髪に緩やかなパーマ、ぱっちりとした二重瞼の青年は売り出し中の若手アイドルのようで、顔の造形が不必要なレベルで整っている。彼目当てに通う女性客も多いのだろうな、と、何となく推察できた。

説明によると、今回はイタリアンのコース五品でABテストを実施するらしい。モグ太郎は「全問正解してやりますよ！」と息まいており、ウェイターも笑顔で最初の料理を運んできたが――そこから先の展開は信じ難いものだった。

「勝率八割」を豪語していたモグ太郎は、出された料理全て――要するに前菜からメインディッシュから何から何まで、全ての二択で誤った選択肢を選び続けたのである。

モグ太郎は自信満々に回答するが、その度にウェイターは申し訳なさそうに不正解を告げ、店内に微妙な空気が流れる。テロップでの必死のフォローも意味をなしておらず、モグ太郎はしどろもどろになりながら弁明を続けていた。

結局、五問中五問、チャンネル史上初の全問不正解という異常事態が発生し、モグ太郎は脂汗を浮かべながら悔しがっていた。すっかり尻すぼみな状態で動画は終わり、見ているこちらが気まずくなってしまうほどである。

動画のコメント欄にも辛辣な言葉が並んでいた。「馬鹿舌」「遂にやらかした」「化けの皮が剝がれた」などなど、想像以上に手厳しい。日頃から「グルメ雑誌の元編集長」を売りにしているモグ太郎の初の失態とあれば、なおのことだろう。

確かに、ざまぁ見ろとしか言いようがない展開ではあったが——あのプライドの高いモグ太郎が、自らの恥を曝《さら》すような動画を公開した意味がわからなかった。ましてこの動画は生放送でなくスタジオ収録なのだから、お蔵入りにしてしまえば視聴者に失敗が露見する心配もない。

陽平は狐《きつね》につままれたような気分で首を傾げるばかりだった。

翌週の定休日、エリスから次の呼び出しがあった。待ち合わせ場所に指定されたのは事務所ではなく、先日の動画に出ていた代々木のイタリアンレストランである。ランチタイムと夜営業との合間なのか、外のプレートは「Closed」になっていた。恐る恐るドアをノックすると、中から「入ってらっしゃい」とエリスの声がする。

若干の緊張を覚えながら、陽平は静かにドアを押した。

ちりん、とドアベルが鳴り、半地下になった空間が目の前に広がった。全部で二十席もない小さな店で、印象的だった赤いギンガムチェックのテーブルクロスも健在だ。

エリスは一番奥の席で紅茶を飲んでいた。こちらに向かって手を振ってきたので、陽平は前の席に腰かける。

「今日は中間報告よ。今更だけど、これ、モグ太郎の身辺調査報告書ね」

エリスは鞄から厚さ二センチはあろうかという紙束を取り出すと、テーブルに並べた。陽平が書類を捲《めく》ったところで、エリスは最初のページを読み上げた。

「モグ太郎、本名は森口浩太郎《もりぐちこうたろう》、四十二歳、秋田県出身。青教大学《せいきょう》を卒業後、アルバイト先の出版社、株式会社秀明社《しゅうめい》に入社。グルメ雑誌の編集者として経験を積む傍ら、個人でも飲食店の開拓を続け、数々の特集企画でヒットを飛ばす。編集長に就任後も体当たりでランキング企画を実施し、食レポが巧みな名物編集長として名を馳《は》せたが、『雇われの身ではやりたいことができない』という理由で二年前に同社を退職……」

文字を追いながらも、陽平は内心、信じられない思いだった。この短期間で、エリスはここまで詳細な個人情報を調べ上げたというのか。

一体どこから入手したのか、資料にはモグ太郎の小学校の卒業アルバムの写真まで貼られている。僅かに面影の残るモグ太郎少年の将来の夢は「テレビに出る人」と、何とも微笑ましいものだった。

エリスは一度息を継ぐと、すらすらと続けた。

「退社後はYouTuberに転身し、株式会社モグベースを設立。スタッフはモグ太郎を含め全部で三人。『グルおじちゃんねる』の再生回数から算出した広告収入は月額で推定八十万円前後……」

「こうしてプロフィールを聞くと、凄い人だったんですね」

　陽平の素直な感想に、エリスは呆れたように肩を竦めた。

「まさか、赤眼鏡の面白おじさん、ぐらいの認識でいたんじゃないでしょうね。相手のことをよく知らないと、復讐なんてできないわよ」

　思わずしゅんとなる陽平を見て表情を緩めると、エリスは紅茶を一口飲んだ。陽平は思い切って、一週間温め続けた疑問をエリスにぶつけてみた。

「格付け動画、見ました。一体、何が起こったんですか」

「あれが次の作戦よ。第二幕『相手が勝手に焦りだすよう仕向ける』」

　エリスはぴっと人差し指を立てた。

「ファンがモグ太郎に期待してることは三つあるんだけど、まずは一つだけ教えてあげる。『プロとしての味の評価が信頼できること』、つまり『確かな味覚を持っていること』よ。ここに疑義を持たせれば、ファンを失望させることができる」

　確かにコメント欄はかなり荒れており、一般ユーザーとファンとが丁々発止の舌戦を繰り広げていた。「初の全問不正解」は小さいながらもネットニュースにまで取り上げられており、そこにもモグ太郎を揶揄《やゆ》するようなコメントが並んでいる。

「ま、最初のほうのコメントは、ほとんどアタシが書いたんだけどね。うまく呼び水になったのか、盛り上がってくれて良かったわ」

——マジか、この人。

さらりと爆弾発言が飛び出したところで、ウェイターが紅茶のおかわりを持ってきた。動画にも出ていた、あの妙に男前なウェイターである。

エリスはカップを受け取ると、ウェイターに向かってウィンクした。

「ありがとう、シンゴくん。こないだは小芝居までさせちゃって、悪かったわね」

「いえいえ、お安い御用です。あんな茶番、小芝居のうちに入らない」

そのやり取りで、陽平は全ての事情を理解した。

要するに——モグ太郎の大失態も、エリスが仕組んだことだったのだ。ウェイターとグルになって、意図的にモグ太郎に「全問不正解」という汚名を着せ、社会的な評価を下げることに成功した。

シンプルだがこれ以上ない効果的な裏工作に、何だか背筋が寒くなってきた。同時に心配事も浮かんできて、陽平は思わずウェイターに話しかけた。

「大丈夫なんですか。モグ太郎から仕返しされたり、嫌がらせをされたりとか……」

「いいえ。宣伝効果で、むしろお客さんは増えました。ありがたい限りですね」

ウェイターはエリスに向かって目礼した。

どうやら、モグ太郎はこの店をターゲットにはしなかったらしい。理由は不明だが、幸運だったと言えるだろう。

何となく腑《ふ》に落ちないままの陽平に「続けて第三幕、『攻撃材料を増やす』」と呟《つぶや》くと、エリスは鞄からノートパソコンを取り出した。

「知っての通り、モグ太郎は遵法意識が極めて薄いタイプよ。そういう奴は過去にも何かやらかしている可能性が高い」

そう読んだエリスは、モグ太郎が以前勤めていたグルメ雑誌の編集部へのインタビューを試みたらしい。

「百聞は一見に如《し》かず。見てみなさい」

エリスは一本の動画を再生し始めた。撮影もエリスが行っているのか、カメラアングルは固定されている。プライバシー保護のためのモザイク処理や音声変更まで施されており、妙に作りが丁寧だ。

最初に出てきたのは、当時、副編集長だったという男性だった。男性によると、モグ太郎は肩書きを利用して飲食店に雑誌掲載の話を持ちかけ、見返りに金銭を要求する「ステマ」行為を日常的に行っていたらしい。

編集長の職を辞したのも、本人が語るところの「雇われの身ではやりたいことができない」という理由ではなく、ステマ問題が発覚しそうになったため、慌てて辞めたというのが本当のところだった。

「プライドは高いのに、職業倫理は低い男ですね」

陽平の正直な感想に頷くと、エリスは動画の続きを再生した。

次いで編集部内でのパワハラ、その次は取材費の着服疑惑など、聞いているだけで胸やけしそうな暴露のオンパレードが続いていた。叩けば埃が出るとはよく言ったものだが、ここまで悪行が出てくるのは予想以上である。

「もう会社にいない人間なのに、よっぽど人望がなかったんですね。……でもエリスさん、何でわざわざ動画なんて用意してるんですか」

「料理と一緒よ。材料は多ければ多いほど良いの」

エリスが意味深な笑みを浮かべたところで、再びウェイターがやってきた。ウェイターはデザートのティラミスをテーブルに並べると、エリスの耳元に顔を寄せる。

「ひょっとして、先日お手伝いした動画もこの件ですか？　あの、グルメ番組のロケみたいな……」

「シンゴくん」

ぴしゃり、と話を遮ると、エリスは口元に人差し指をやった。

「好奇心が旺盛なのは結構だけど、お喋りな男はモテないわよ？」

「……失礼しました。肝に銘じます」

恭しくお辞儀をすると、ウェイターは奥に引っ込んでいってしまった。

今のやり取りも、まったくもって意味不明だった。次から次へと浮かんでくる疑問に、陽平の脳内は今にもパンク寸前である。

エリスは優雅な手つきでティラミスを口に運ぶと、こちらに向き直った。

「報告は以上よ。色々と訊《き》きたいことはあるでしょうけど、今は我慢して。そのうちちゃんと説明するから」

有無を言わさぬ物言いだった。エリスの狙いはわからないが、今はまだ、変に詮索しないほうが都合が良いのだろう。

エリスは資料を片付けながら、独り言のように呟いた。

「結局、モグ太郎が粘着してきてるのは、元編集長って肩書きが忘れられないからよ。理由はどうあれ、過去の栄光に縋《すが》る人間なんてろくなもんじゃないわ。大事なのはいつだって今なのに」

何となく引っかかるものを感じて、陽平は黙って相槌を打つことしかできなかった。

「まる山」に戻ってからも、エリスの言葉が頭から離れなかった。

モグ太郎の行動原理を分析した的確な一言だったが、その棘はしっかりと陽平の胸にも刺さり、容易には抜けてくれない。

がらんとして人のいない店内を、改めて見渡してみる。「昔ながらの定食屋」と言えば聞こえはいいが、お世辞にも繁盛店の風格があるとは言い難い。店内はところどころ壁紙が剝げ、テーブルや椅子にも細かな傷が目立つようになっていた。

陽平は無意識のうちにため息をついていた。

一体いつからこうなってしまったのだろう。美味しい料理を創る祖父と父に憧れて、自分も高校を出てすぐ厨房に入った。祖父が亡くなってからは父と二人で店を切り盛りし、それなりにうまくやってきた。

父が体を壊してからは一人で厨房に立つことになったが、それでも苦労することはなかった。二人に教わったことを毎日、愚直に繰り返すだけで良かったからだ。

刺さった棘の正体はもう、わかっていた。過去の栄光に縋り付いているのはモグ太郎だけじゃない――自分だって同じなのだ。

祖父が創ったレシピと父が改装した店舗を受け継ぎ、二人が積み重ねてきた常連さんとの信頼関係に甘え、何となく店を続けてきただけだ。その間、自分は少しでも新しいことを――お客さんを増やそうとする努力をしたことがあっただろうか。

今回の件だってそうだ。結局はエリスに全てを任せ、自分は安全圏でただ待っているだけ。

覚悟を決めて向き合った現実はあまりに惨めで、泣きたくなるほどだった。

陽平は一度、気合いを入れ直すように両手で自らの頬を叩くと、顔を上げた。

いや。やれる事はまだある。

祖父が残したレシピは日本一、いや世界一だ。味と値段には自信がある――ただ一度、店に来てもらえさえすればいい。とにかく今はお客さんの裾野を広げなければ、遅かれ早かれ、ジリ貧なのだ。

陽平はレジの近くからノートを取り出すと、テーブルに広げた。何となく浮かんでは消える、とりとめのないキーワードを必死で書き殴りながら、一体どうしたら新しいお客さんを呼び込めるのか、必死に考えを巡らせていた。

5

結局、陽平は「常連客の力を借りつつ、新しいお客さんを開拓する」――新規顧客の優遇キャンペーンを実施することにした。

現状では、よほどのメリットがない限り、常連客が再び店に来る理由はない。そこで陽平は「新規客との同時来店で、そのお客さんの初回飲食代が無料になるサービス券」を常連客に配布し、再びお店に来てくれるよう頭を下げて回ったのである。

もちろん、それだけではメリットが足りないのもわかっていた。加えて、陽平は常連客に十枚つづりのドリンク無料券を配布し「とにかくもう一度だけ店に来てもらう」ことを主眼に、採算度外視の大盤振る舞いを決行したのである。

最初は常連客たちも渋っていたが、完全にチンピラたちが来なくなってからは、少しずつ再来店も増えていった。新規客は飲食代が無料になるし、常連客はそれで感謝されるというウィンウィンの関係ができるので、紹介の輪は少しずつ広がっていった。

並行して、陽平はモグ太郎の動画も定期的にチェックするようになっていた。チャンネル登録者数は三万二千人と、依然として人気が衰えた様子はない。

それでも、モグ太郎の動画内でのふるまいが大人しくなっているのは、素人目にも明らかだった。生放送企画も、あれから一度も開催されていない。やはり先日のやらかしが相当堪《こた》えているのだろう。

忙しく日々が過ぎる中、依頼の日から早くも二ヶ月が経《た》とうとしていた。定休日の前日、エリスが「まる山」に立ち寄るというので、陽平は急いで閉店後の片付けを済ませ、女神の到着を待っていた。

二十二時を過ぎたところで、エリスが店に入ってきた。久しぶりに会った女神は手前のテーブル席に座ると、優雅に足を組み替えた。

「お待たせしちゃったけど、仕込みは完了したわ。明日、全ての決着をつける」

力強い言葉に、身が引き締まる思いだった。とはいえ、懸念もある。

「俺はまた、留守番ですか」

「まさか。最後はアンタにも協力してもらうわよ」

思わず安堵《あんど》のため息が漏れた。最後まで蚊帳《かや》の外、ということはないらしい。

エリスは地図のようなものが印刷された紙を寄越してきた。

「明日の十七時半、新宿のこの店にいらっしゃい。そこで『グルおじちゃんねる』の『看板メニュージャッジ企画』の生放送が行われるわ。アンタはモグ太郎に面が割れてるから、バレないようにしてきてね」

まさかの変装の無茶振りである。高校の修学旅行の時に友達と買ったサングラスの在《あ》り処《か》を必死で思い出しながら、陽平は指示を紙の端にメモした。

「店の近くでメープルが待ってるから、待ち合わせて入ってきて。荷物が多いと思うから、手伝ってあげてね」

「わかりました。いや、正確にはよくわかってないんですけど、頑張ります」

エリスは噴き出すと、慈しむような眼差しでこちらを見据えた。

「ちょっと見ない間に、逞《たくま》しくなったじゃない。頼もしいわね」

エリスは軽やかに立ち上がると、一人舞台のように店内を歩き回り始めた。

「例の動画の失敗で、モグ太郎は焦ってるわ。明日の生放送が、奴にとってのターニングポイントになる。アンタにも、終幕を最前列で見届けてもらう」

ターンを決めて振り返ったエリスの瞳に、確信めいたものが宿っていた。

エリスはぱちん、と指を鳴らすと、高らかに宣言した。

「ショーマストゴーオン。最高の舞台、お見舞いしてやるわよ」

翌日の十七時半、陽平はメープルと合流した後、店に到着した。指示通りに変装はしてきたが、先ほどからどうにも汗が止まらない。メープルが持ってきたスーツケースを引きながら、陽平は恐る恐る店の扉を開いた。

指定されたその店は海鮮系の創作居酒屋で、白木が美しい内装の中央には大きな生《い》け簀《す》が据えられていた。まだ時間が早いので客はまばらだが、事前に調べてきたネット情報によると、価格とサービスのバランスの取れた優良店とのことである。

入口のチャイムを鳴らすと、愛想のいい女性店員がやってきた。店員は得心したように頷くと、すぐに陽平たちを近くの個室に案内してくれた。

メープルは背負っていたリュックを下ろすと、掘りごたつの席の足元に潜り込んでノートパソコンをいじり始めた。

「助かりました。さすがに小学生一人で居酒屋には入れませんので」

続けてメープルはスーツケースからもう一台のノートパソコンを取り出すと、慣れた様子でセッティングしている。手持ち無沙汰になった陽平は、とりあえずオレンジジュースを二つと適当なつまみを注文した。

それにしても、エリスは何故、今日ここで生放送が行われると知っているのだろう。ぼんやりと考えていると、メープルが掘りごたつの下からひょっこり顔を出した。

「モグ太郎の撮影チームが来るまであと三十分ほどあります。その間に、あなたにこれを見せておけと、ボスが」

小さな手にはタブレット端末とイヤホンが載せられている。

画面を開くと、二本の動画が再生できる状態になっていた。サムネイルにはそれぞれ『第四幕　食いつきやすい餌を撒く①②』とある。

「これ、メープルちゃんが編集したの？」

「私は二ヶ月間、別件で手が離せませんでしたので、ボスですね。変なところで凝り性ですので」

訝しがりながら一本目の動画の再生ボタンを押すと、イタリアンレストランで見せてもらったインタビュー動画のようなものが流れ始めた。「七月、都内某所」というテロップとともに、自撮り棒のようなもので自身を撮影するエリスが映し出される。

エリスは何故か男性の姿だった。最初に事務所で会った時と同じ、紺のジャケットに眼鏡の、業界人のような恰好である。

エリスはカメラに向かってウィンクすると、オフィスビルの前にやってきた。金属製の看板プレートには「株式会社モグベース」とある。

そこで画面が切り替わった。オフィスのような空間で、正面のソファーにモグ太郎が座っている。

「初めまして。私、株式会社LREキャスティングの片桐《かたぎり》と申します」

いつもより低めの声とともに、エリスが名刺を差し出した。エリスの服に隠しカメラが仕掛けてあるのか、モグ太郎が名刺を見て目を見張るのがわかった。

陽平は思わず大声を上げそうになった。

ちょっと待て。何でエリスがモグ太郎と会っているんだ。

てっきり裏で工作を行っているものだとばかり思っていたのに——まさか直接会いに行っていたなんて。

エリスは提案書らしきものをモグ太郎に手渡した。

「弊社は広くバラエティ番組向けにタレントさんを紹介しております。特に強みがあるのは、グルメや旅行などの情報系番組です」

いかにもそれらしい事業概要だが、恐らく全部でたらめだろう。モグ太郎が頷いているのを確認しつつ、エリスは本題を切り出した。

「実は今、十月からスタートするグルメ番組のレポーターを探しているんです。通常、この手の案件には芸人さんをご紹介するんですが、今回は先方から『料理について専門的なコメントができる人』という条件を提示されております。そこで、人気のグルメ系YouTuberであるモグ太郎さんにお声がけさせていただいたというわけです」

モグ太郎が相好《そうごう》を崩した。

「光栄です。地上波への進出はいちYouTuberとしても魅力的なオファーですね」

「ええ。やはりテレビの影響力は甚大ですので、悪いお話ではないかと思います」

エリスは鞄からノートパソコンを取り出した。

「話だけではイメージが湧きづらいので、サンプル映像をお持ちしました。レポーターが外でロケをし、スタジオのゲストがコメントしたり、関連したクイズに答えるような形式なんですが……」

エリスはUSBメモリを挿してタッチパッドを操作していたが、画面は全く動かない。そのうちエリスは申し訳なさそうに呟いた。

「……段取りが悪く申し訳ないのですが、パソコンの調子が悪いようです。御社の空いているパソコンをお借りすることは可能でしょうか」

モグベースのスタッフがノートパソコンを持ってきた。エリスがUSBを挿すと、今度は想定通りに動いたのか、画面に「まちかどグルメさんぽ（仮）」というタイトルが映し出される。

「こんな感じで、外ロケが中心になります」

陽平が見ている映像の中に更に映ったサンプル映像は見づらかったが、女性の恰好をしたエリスが、中華街と思《おぼ》しき商店街を歩いていた。エリスは店の軒下で売っている小籠包《しょうろんぽう》や月餅《げっぺい》を試食しながらコメントをしつつ、店員とコミュニケーションを取っている。

偽番組とはいえ、エリスの立ち居振る舞いはすっかりプロのレポーターのようだった。まさかこれが――ウェイターが手伝ったという「グルメ番組のロケ」だろうか。

一方、モグ太郎は、目の前の「片桐」を名乗る男と出演タレントの女性が同一人物だとは想像もしていないらしい。画面を見つめながら真剣な表情で頷いている。

エリスが僅かに声を潜めた。

「ただ、スポンサー周りの話は当然あります。モグ太郎さんの『忖度はしない』というポリシーには反しますが、いかがでしょう」

モグ太郎はぶんぶんと手を振ると、豪快に笑い出した。

「あんなものはキャラ付けの一環で、些末《さまつ》な話です。その辺は僕も弁《わきま》えてますよ。いくらでもコメントは先方の要望に合わせますので」

「安心しました。破天荒なキャラは動画配信界隈《かいわい》では魅力的ですが、やはりお茶の間ではマイルドさも必要ですので」

モグ太郎はオーバーに頷いた。

「仰《おっしゃ》る通りです。大体、YouTubeのグルメ情報を鵜呑《うの》みにする層なんて、情報リテラシーが低い馬鹿ばかりですよ」

パソコンからUSBメモリを抜き取ると、エリスは提案書の後半ページを指さした。

「それから、もう一つ。外ロケに加え、生放送も実施予定なんです」

「でしたら、まさに僕は適任ですよ。ウチのチャンネルの売りは突撃生放送ですから、取材交渉なんかには慣れてます」

「心強いですね。とはいえ、生放送にトラブルはつきものです。疑うわけではありませんが、試しに格付けABテスト企画をやってみていただけないでしょうか。実は、私の知り合いの店が、ぜひ出てみたいと言ってまして」

「お安い御用ですよ。料理は何系です？」

「代々木にあるイタリアンです。詳細は後ほどメールします」

エリスは荷物を片づけ始めた。

「では、先方にはモグ太郎さんにご了承いただいた旨、お伝えしておきますね。正式な契約書は別途、ご用意してお持ちしますので」

再び画面が切り替わり、エリスがオフィスビルから出た場面になった。エリスはスマホを取り出すと、焦ったような声で呟いた。

「いけない、思ったより遅くなっちゃった。約束の時間に間に合うかしら」

そこで動画は唐突に終わり、画面が真っ黒になった。

一本目の動画を見終わった陽平は、奇妙な違和感を覚えていた。

何かが引っかかった気がする。その正体を確かめるべく、陽平は動画を巻き戻した。

見たいのは動画が終わる直前、エリスのスマホ画面がアップになるシーンだった。

一時停止して再度確認してみたが――やはりそうだ。

スマホに表示されていた日時に、陽平は恐怖にも似た身震いを覚えていた。

間違いない。これは自分が初めて事務所を訪れた――あの日の映像だ。

エリスが見抜いていたのは、案件内容だけではなかったのだ。自分が事務所を訪れる前から、既にエリスの計画は始まっていた。

あのモグ太郎を懐柔し――ビジネスパートナーとして信頼関係を築いておくために。

続けてもう一本の動画を再生すると、テロップには「八月、都内某所」とあった。

一本目と同じようなアングルで、モグ太郎が正面に座っている。エリスが「さて」と口を開いたところで、画面内のモグ太郎が土下座でもしそうな勢いで頭を下げた。

「先日は不甲斐《ふがい》ない結果になってしまい、誠に申し訳ありませんでした！」

「まぁ……普段の格付け動画がやらせではないことはわかりましたが。それにしても全問不正解とは、厳しい状況ですね」

恐らくこれは、ABテスト失敗直後の映像だろう。モグ太郎が失敗動画をリリースせざるを得なかった理由は、動画がキャスティング会社――つまりエリスの依頼で撮影されたものだったからだ。

裏事情が理解できたところで、陽平は続きを再生する。

「生放送の内容に、先方は『コメントを任せて大丈夫か』と懸念を示されています。今回のお話ですが……」

エリスが言い終わらないうちに、モグ太郎が割って入った。

「ちょ、ちょっと待ってください。わかりました。格付けではないんですが、二週間後に看板メニュージャッジ企画で生放送を予定してます。生放送での食レポを見ていただいて、そのうえでご判断いただけないでしょうか」

エリスの表情は見えないが、きっと難しい顔をしているのだろう。重苦しい沈黙が続く中、エリスは静かに告げた。

「わかりました。生放送の様子を見て、それで最終判断とさせていただきます。撮影スケジュールが決まったらご連絡ください」

二本目の動画はそこで終わっていた。多すぎる情報を処理し切れないうちに、エリスが個室に入ってきた。

　いや、正確には「エリスが」ではない。「生放送の視察に来た、キャスティング会社の片桐が」だ。

　ジャケットに身を包んだ男性モードのエリスは、余裕たっぷりの笑みを浮かべた。

「どう？　アタシが裏でやってたこと、理解できた？」

「ええ、痛いほどよくわかりましたよ。エリスさんが恐ろしいほど用意周到だということも――絶対に敵に回してはいけない人だということも」

　エリスは足元のメープルに注意を払いつつ、掘りごたつに入ってきた。

「ファンがモグ太郎に求めていることは三つある、って言ったわよね。残りの二つを教えてあげる。一つは『味に対して公平・公正であり、忖度をしないこと』。もう一つは『大口を叩くに足る人間性を持ち合わせていること』よ。それら二つの両方を、今日の生放送で裏切らせる」

「裏切らせるって。そんなの一体どうやって……」

「『グルおじちゃんねる』を見てればわかるわ。そうそう、そのイヤホンは着けっぱなしにしててね。こっちの声を拾えるようにしてあるから」

　相変わらず詳しい説明はないまま、エリスはにっこりと微笑んだ。何もかもを見透かしたように、眼鏡の奥の瞳がきらりと光る。

「いよいよ終幕『やられたことをやり返す』。最前列、かぶりつきで見てなさい」

入口のチャイムが鳴り、モグ太郎チームが店に入ってきた気配がした。エリスは素早く立ち上がると、個室を出て入口に向かって歩いていく。

イヤホンに全神経を集中させているうちに、エリスがモグ太郎チームに挨拶をしている声が聞こえてきた。メープルは掘りごたつの中で「ボス。こちらはいつでもＯＫです」と、頼もしい反応である。

手元のタブレット内の『グルおじちゃんねる』のページには「間もなく生配信スタート！」のサムネイルが表示されている。画面が店の外観の映像に切り替わったところで、生配信がスタートした。

「はいどーもー、モグ太郎です！『グルおじちゃんねる』、久々の生配信ですね。今日はこちらの創作居酒屋さんの看板メニューをジャッジしていきたいと思います」

モグ太郎は店に入ってくると、中央の生け簀を指して感嘆の声を上げた。

「見てください！　こちらのお店、千葉の漁港から直送された新鮮なお刺身が人気だそうです。楽しみですねぇ。まぁでも、今日も忖度なしの辛口評価で行っちゃいますよー。元編集長の名に……」

ぶつん、と音を立て、配信画面が真っ黒になった。

同時にメープルが「作戦その一、スタート」と、小声で号令をかける。

真っ暗だった画面は瞬時に砂嵐のような映像に切り替わり、次いで写真のスライドショーが始まった。

隠し撮りしたモグ太郎の顔写真に続き、「まる山」の店頭――扉に貼られた中傷のビラや、入口にゴミを撒かれた時の写真である。

写真に合わせ、エリスに渡してあったモグ太郎との電話の音声が流れ出した。

『てめぇ、いい加減しつこいんだよ！』『俺がやったって証拠でもあんのかよ！』『今度電話してきたら、ぶっ殺すぞ！』

セリフに合わせ、攻撃的な字体のテロップが並んでいる。

陽平は訳がわからず、足元のメープルに問いかけた。

「メープルちゃん。これ一体、どうなってるの」

メープルはキーボードを叩きながら答えた。

「『グルおじちゃんねる』の生放送をジャックしてるんです。映像の制御権は現在、完全にこちらにあります」

「ジャックしたって。そんなの一体どうやって……」

「チャンネルの管理者IDとパスワードを盗んだんです。お見せした映像の中で、ボスが、モグ太郎のオフィスのパソコンにUSBメモリを挿していたでしょう?」

モグ太郎に番組サンプルを見せていた、あの時か。

パソコンが不調な振りをして――エリスはモグ太郎のオフィスのパソコンから、ごく自然にデータを抜き取ったのだ。

続けて「まる山」の店内で大暴れするチンピラの動画が流れ始めた。ケンが来てくれた日だと確認する間もなく、映像は店外の防犯カメラに切り替わる。

『はい。YouTuberのモグ太郎に依頼されました。店でわざと騒ぎを起こせって……』

映像はなおも止まらない。

『あの人、取材先の飲食店からお金を受け取ってランキングを上げさせる、なんてしょっちゅうでしたよ。完全にステマです、ステマ！』

『モグ太郎さんって、怒らせるとしつこい、パワハラ気質ですからね。あの人のせいで後輩が何人もメンタルやられて、退職しちゃいましたよ』

『取材費って名目で、キャバクラで飲み食いしてましたね。着服、って言うんですか。領収証に嘘《うそ》まで書かせて、信じられないですよ』

続けて、エリスがモグ太郎の会社を訪問した際の映像までもが流れ出した。

『その辺は僕も弁えてますよ。いくらでもコメントは先方の要望に合わせますので』

『大体、YouTubeのグルメ情報を鵜呑みにする層なんて、情報リテラシーが低い馬鹿ばかりですよ』

グルメ系YouTuberとしての信頼を粉々にぶち壊す告発の数々が、全世界に向けて発信された瞬間だった。

入口付近では先ほどからモグ太郎チームのスタッフが大声で騒いでいた。当初の看板メニュージャッジ企画などできるはずもなく、慌てた声が個室の中にまで聞こえてくる。

『どういうことだ。管理者サイトにログインできなくなってるじゃねぇか！』

「パスワードと登録メールアドレスを変えてますからね」と、メープルが呟く。

『パソコンとカメラの接続は切れないのか！　早くしろ！』

「映像を流してるのはそのパソコンじゃないですからね。察しが悪くて助かります」

『サイバー攻撃かもしれません。こちらの生放送のタイミングを見計らって……』

バタバタという足音が近づいてきた。

『どいつが乗っ取ってるんだ？　近くにいるのか？』

スタッフの一人が勢いよく扉を開け、個室を覗《のぞ》き込んできた。思わず肝を冷やしたが――さすがに彼らも、掘りごたつの下にいる少女の存在にまでは気づかない。

「すみません、間違えました」

スタッフが平謝りをしながら扉を閉める。個室をチェックしていく音を聞いていると、足元のメープルがストレッチをするように両手の指を伸ばした。

「さて、続けて作戦その二です。忙しいですね」

耳元のイヤホンからエリスの声がした。

「動画の評価をよく見てなさい」

画面を見ると、生放送の動画に一斉に低評価が付き始めた。チャンネル登録者数も、物凄い勢いで減っている。

いくら何でも減り方が極端だが――耳元でエリスの声が響いた。

「現状、飲食店の店舗側が低評価爆撃をやられたと証明するのは難しいわ。『お客様の真摯なご意見』を規制する法律もない」

一拍置いて、エリスはゆっくりと続けた。

「ただそれは――動画配信サイトも同じこと。たとえ放送事故で大量の低評価が付いたとしても、たまたま動画を見ていた視聴者が、たまたま悪い評価を付けただけ」

そういうことか。しかし、チャンネル登録者数まで減っているのは一体――

内心の疑問に答える形で、エリスは種明かしを続けた。

「この二ヶ月間で、『グルおじちゃんねる』のチャンネル登録者数は三万人から三万三千人に増えたわ。増えた三千アカウントのうち、二千七百件はアタシが業者に依頼して水増しした分。残り三百件は……」

「私が増やしたんですよ。二ヶ月かけて、人力で。指示を聞いた時は、ボスの正気を疑いました」

キーボードを叩きながら、メープルが食い気味に割り込んできた。追いつかなかった理解が次第に追いつき、手にじっとりと汗が滲んでくる。

エリスは悪びれる様子もなく続ける。

「今、メープルがその三百アカウントから一斉にチャンネル登録の解除をかけてるわ。

それを見た一般視聴者も、つられてチャンネル登録を解除していく。大きくうねりだした波は――止められない」

確かに、チャンネル登録者数は目まぐるしい勢いで減り続けていた。三万人を切り、二万八千人を切り――どこまで減るのかわからないが、驚異的な勢いである。

エリスが「仕込みに手間がかかる」と言っていたのも、メープルが嫌な顔をしていたのも、このためだったのか。「チャンネル登録を解除可能な、生きたアカウントを人力で多数作れ」というのが、エリスからメープルへの指示だったということになる。

瞬間、エリスが説明していた「終幕」の意味も理解できた。

「やられたことをやり返すって、まさか……」

「そう。『目には目を、歯には歯を、炎上には炎上を』よ」

エリスの言葉を裏付けるように、コメント欄は更に勢いづき、皆が一気に追随していく。格付けの失敗の時とは比べ物にならないほどの高速で、コメントが流れていく。「これはザマァ」「放送事故」「チンピラｗｗ」などの中傷コメントが並び、完全な炎上、祭り状態だ。

盛り上がるコメント欄とは裏腹に、陽平の脳内は奇妙に落ち着いていた。

そうか。エリスは敢《あ》えて先に「チャンネル登録者数を増やしてあげた」のだ。今日、この瞬間に。モグ太郎の信用を、地の底に叩き落とすために――

「仕上げね。アンタはさりげなく店の外に出て。モグ太郎が出てきたら、バレないように後をつけてね」

電話をする振りをして個室から出つつ、店を出てすぐの場所で待機する。目の前で、モグ太郎がエリスの服を摑みながら必死に訴えていた。

「片桐さん。待ってください。これはえぇっと、その……」

エリスはカウンターに置かれていた撮影用のハンディカメラに触れると、深々とため息をついた。

「申し訳ありませんが、お話は正式になかったことにしてください。私はこちらで失礼します」

エリスが店を出ていったところで、スタッフの一人が大声をあげた。

「モグ太郎さん。最後の動画、おかしいですよ。明らかにウチの社内の映像じゃないですか。ひょっとして全部、あの片桐って男が仕組んだことなんじゃないですか」

モグ太郎が脱兎《だつと》の如《ごと》く店から飛び出してきた。見失わないよう行き先を確かめつつ、陽平はゆっくり後ろを追いかけていく。電話をしている振りを続けながらも、視線はモグ太郎の足元を見つめていた。

曲がり角のところで、モグ太郎はようやくエリスに追いついた。モグ太郎の背中が怒りで小刻みに震えている。

「このペテン師野郎！　よくも！　よくも俺のチャンネルを……！」

モグ太郎がエリスに向かって勢いよく殴りかかった。エリスは軽くいなして身を躱すと、素早くモグ太郎に向かって足払いをかける。

モグ太郎は転がるように倒れ込むと、そのまま無様に尻もちをついた。

エリスは心底意外だ、という表情で首を傾げた。

「これはこれは、心外ですね。私がやったという証拠でもあるんですか」

「ふざけるな！　こんなこと、許されるわけがない！　絶対に訴えてやるからな！」

人目も憚《はばか》らず、モグ太郎は泣きそうな声で叫んだ。モグ太郎の決死の咆哮《ほうこう》などまるで意に介さず、エリスは邪悪な笑みを浮かべた。

「アンタって、自分が言ったことすら覚えてないのね」

急におネエ口調になったエリスに、モグ太郎が一瞬、たじろいだように後ずさった。

エリスはそっとモグ太郎に近づくと、耳元に顔を寄せて囁いた。

「何をしたって構わないんでしょ？　証拠がなければ」

モグ太郎が絶句したように口を開いた。エリスはウィンクすると、そのまま軽やかに通りの向こうへ去っていった。

モグ太郎に気付かれないうちに、陽平は早足で店に戻っていった。次いでモグ太郎も店に戻ってきたが、その顔は怒りで鬼のように真っ赤に染まっている。

モグ太郎はスタッフを大声で怒鳴りつけた。

「あの男の正体を調べろ！　カメラに顔は映ってるだろ！」

スタッフは顔面蒼白《そうはく》のまま項垂《うなだ》れている。モグ太郎が眉を上げたところで、スタッフは言いづらそうに答えた。

「それが……抜かれてるんです。今日撮影した分のメモリーカードも、全部」

——多分、エリスの仕業だな。

店を出る前、カメラにわざわざ触れたのはそのためだったのだ。

信じられない思いのまま個室に戻ると、メープルはまだパソコンをいじっていた。

陽平が帰り支度を始めたところで、突然、メープルが「あ、大変です」と呟いた。

「アカウントの設定を元に戻す前に、クラウドにあった過去の動画アーカイブをうっかり全削除してしまいました。これは地味に困るでしょうね」

……エリスといいこの少女といい、本当に怖いことをする。

自分で依頼したこととはいえ、そのあまりに徹底的な叩きのめしっぷりに、陽平は一抹の恐怖を感じずにはいられなかった。

撤収作業の済んだメープルとともに、陽平はスタッフたちに気づかれないよう店を出た。モグ太郎の脇を通る際はさすがに緊張したが、彼らも親子連れに見える二人組を疑う発想はなかったらしい。店を出てからも、彼らが陽平たちを追いかけてくる気配はなかった。

耳元のイヤホンではエリスが道案内をしてくれている。指示通りに進んでいくと、ようやく待ち合わせ場所である公園まで辿り着いた。

一体どこで着替えてきたのか、エリスは既に女性の姿に戻っていた。伝えたいことは山ほどあったが、例の如く考えがうまくまとまらない。

陽平はエリスに向かって頭を下げた。

「ありがとうございました。うまく言えないですけど……自分が戦ってきたことは、無駄ではなかったように思えます」

「アンタが覚悟を決めて、毎日ちゃんと営業を続けてたからよ。アタシは頑張る人には優しいの」

ひゅう、と一陣の風が吹き、エリスの美しい髪を捲り上げた。

同時に、エリスと目が合う。薄茶の瞳が――女神の慈愛に満ちている。

「それじゃ、今回の依頼はここまでね。料金は一週間以内に振り込んどいて」

陽平が運んできたスーツケースを受け取ると、エリスはメープルを呼び寄せた。

そのままごく自然に行ってしまおうとする背中に、陽平が声をかけようとしたところで、エリスは「そうそう」と振り返った。

「ご新規さんの紹介キャンペーン、いいと思うわよ。影響力のある誰かが来てくれれば、うまくいくんじゃない？」

含みのある美しい笑みに、何だかもう笑うしかなかった。強く賢く、誰より優しい女神は――何もかもお見通しなのだ。

陽平は女神に向かって、再び深々と頭を下げた。

6

結局、モグ太郎は『グルおじちゃんねる』を閉鎖した。

「世紀の放送事故」と揶揄された動画は瞬く間に拡散され、モグ太郎の過去の行いについても容赦のない追及が始まった。更に、他にも被害を受けていた店舗が相次いで名乗りを上げ、被害をSNSで告発したこともあって、どうにも収拾がつかなくなってしまったらしい。

グルメ系YouTuberとしての信用はがた落ちだし、月額の広告費の損失もある。奴が今後どういう活動をしていくのかはわからないが、飲食店相手にちょっかいを出すような真似はもう二度としないだろう。

「まる山」にとっても良いことが続いた。初回無料キャンペーンのお客さんの中に今回の騒ぎを聞きつけたYouTuberがいて、動画内で店を紹介してくれたのである。

口コミが口コミを呼び、グルメサイト内の評価も徐々に回復していった。以前と同じ、いや、それ以上の賑《にぎ》わいが、再び「まる山」に戻ってきたのである。

ある日のランチタイム、お客さんでいっぱいの「まる山」にエリスがやってきた。

実に一ヶ月ぶりの再会だが、エリスは特に気負うことなくカウンター席に座ると、いつもの西京焼きを注文した。

陽平は半人前だけ余分に生姜焼きを用意すると、西京焼きの隣に盛りつけた。カウンターに皿を出しつつ、心からの笑みを浮かべる。

「エリスさん！　生姜焼き、サービスしときましたよ！」

女神は小さく目礼すると、苦笑交じりに呟いた。

「あのねぇ。せめてもうちょっと、低カロリーなメニューにしてよ……」

労災

Case 2

アスファルトの上に、作業着姿の男が倒れていた。

最初は単なる見間違いだと思った。蜃気楼《しんきろう》でも立ち昇りそうな暑さのせいで、自転車置き場の光景はいつも以上に非現実的に見える。

男はうつ伏せのまま、ぴくりとも動かない。そっと近づき、膝の辺りを足先でつついてもなお無反応とわかったところで、ようやく事の重大さに気が付いた。

「……おい。おい、冗談だろ。しっかりしろ！」

慌てて膝をつき、男の頬を叩いて呼びかける。返事はない。

男の目は閉じられ、抱き上げた上半身は力なく重力に身を任せるばかりだった。

微かな希望を込め、心臓の辺りに耳を当てる。受け入れ難い事実が、急速な絶望感をもって襲ってきた。

男は既に死んでいた。悪夢などではなく現実に、目の前で。

慌てて辺りを見渡してみたが、原因らしきものは見当たらない。確かに男の額と手のひらには擦り傷があるが、さほど重傷には見えない。傍らに、倒れた時に脱げたと思われる作業帽が転がっているだけである。

混乱とは裏腹に、脳味噌《のうみそ》はフルスロットルで回転し始めた。奇妙に落ち着いていく自身の鼓動を感じながら、一度ゆっくりと深呼吸する。

どうする。一体どうしたら、この「最悪の状況」を回避できる──

視界の端に、作業室の裏手の地窓が見えた。残された「たった一つの道」のあまりの頼りなさに、柄にもなく神に祈りたい気分だった。

1

率直に言って、気が進まない。

これが相談フォームを最初に見た時の、エリスの偽らざる本音である。

目の前の依頼人は泣き腫らした目で俯いていた。浪川志津《なみかわしづ》、六十三歳、職業はパートタイマー。小柄な身体《からだ》を更に小さく丸めるようにしてソファーに腰かける姿は、か細くて今にも消えてしまいそうだ。まかり間違っても「裏メニュー」なんて物騒なものとは関わってほしくない、いかにも真面目で実直そうな女性である。

プリントアウトされた依頼内容に、エリスは思わず首を傾げた。

「要は、個人相手じゃなく法人相手に復讐したいってこと？　随分な無理難題ねぇ」

志津はかぶりを振ると、小さな身体からは想像できないほど苛烈《かれつ》な——意志のこもった瞳でエリスを見返した。

「難しいことは承知しております。他の調査会社にも相談はしましたが、軒並み断られてしまいましたから」

こういう人間がウチのようなアングラ稼業に頼ってくるのは、よほどのっぴきならない事情が生じた時と相場が決まっている。

志津の覚悟に半ば押し負ける形で、エリスは話の続きを促した。

志津は鞄から一枚の写真を取り出すと、応接用テーブルに置いた。卒業式の時にでも撮影したのだろう、学生服に身を包んだ青年が校門でピースサインをしている。青年は茶髪にピアスとやんちゃな雰囲気だが、穏やかな二重の目には心根の優しさが感じられた。

「素行が悪い時期もありましたが、孫は――篤史は優しい子でした。私はただ、真実を知りたいだけなんです。どうか、お話だけでも聞いていただけないでしょうか」

ぐすん、と洟をすすると、志津は依頼内容を語り始めた。

浪川篤史は幼稚園の頃に交通事故で両親を亡くし、以来ずっと祖母である志津の元で育てられてきた。志津も早くに夫を病気で亡くしていたこともあり、孫の篤史には母親同然の愛情をもって接してきた。

志津は「おばあちゃん」と呼ぶには見た目も若く体力もあったため、両親がいないことで篤史が寂しい思いをしないよう、参観日や運動会などの学校行事にも積極的に参加していた。それでも同級生の母たちと並ぶとどうしても目立ってしまうため「恥ずかしいから学校に来るな」と篤史から怒られたことも、一度や二度ではない。

浪川家はお世辞にも裕福とは言えなかった。篤史の両親が遺した保険金はあったが、主な収入である志津のパート代は微々たるもので、子ども一人を養うには心許《こころもと》ない。

篤史も自身の置かれた境遇は理解していたのだろう。中学三年の進路指導の前日、改まってこんなことを言い出した。

「ばあちゃんにばかり苦労はかけられない。俺は成績も悪いから高校に行っても意味ないし、中学を卒業したらすぐ働くよ」

予想外の申し出に、志津は動揺した。大学まで行けというつもりはなかったが、今の時代に敢えて中卒を選択するのはあまりにもリスクが大きいし、納得のいく仕事にありつけない可能性もある。

何より、孫が金銭的な理由で将来を断念するなど、志津にとってあってはならないことだった。

志津はちゃぶ台の前に座ると、諭すような目で篤史を見つめた。

「おばあちゃんのことを考えてくれるのは嬉しいけど、子どもは遠慮しなくていいの。確かに篤史は学校の成績は良くないけど、代わりに物凄く手先が器用でしょう?」

篤史は「うん」と小声で頷いた。

「だったら選択肢は他にもあるのよ。例えば、普通科の高校じゃなく工業高校を目指して、働く前に専門的な知識を勉強してみるのはどう?」

受験か就職かの二択で発想が凝り固まっていた篤史に、志津は第三の選択肢を示したのだった。篤史は志津の手を取ると、涙ぐんだまま俯いた。

猛勉強の末、篤史は隣町の工業高校に合格した。本人も予想していた通り、一般科目の成績は振るわなかったが、専門科目は性に合っていたらしい。篤史は設計や製図、CADの使い方など、就職に役立つ技術を次々にマスターしていった。

高校三年生になると、就職活動の時期を迎えた。篤史は専門科目での成績を武器に学校からの推薦を受け、無事に内定を獲得することができた。就職先は望月精機《もちづきせいき》株式会社——地元では有名な中小企業である。

望月精機は主に金属精密切削加工による精密機械部品の製造を行っており、産業機械やメーカー向けの部品製作を手がけていた。小ロットでも製作可能な小回りの良さと加工技術の高さが有名で、業界紙の「躍進する町工場」特集に選出されたこともある。人気も知名度も、就職先としては申し分ない。

卒業後、篤史は張り切って職場の近くで一人暮らしを始めた。志津の表情が一瞬、当時を懐かしむように穏やかになった。

「新入社員ですので、お給料は決して高くなかったはずです。それでも篤史は『初任給はばあちゃんのために』と言って、この鞄をプレゼントしてくれました」

ソファーに置かれた鞄はいわゆるブランドものではなかったが、革製の質の良い品だった。そのうちに、嬉しそうだった志津の顔がにわかに曇り始めた。

「去年の大晦日《おおみそか》に帰ってきた時、篤史の様子がおかしかったんです。うちに来るなり、こたつで寝てしまって。疲れていたのか、年明けまで目を覚ましませんでした」

久しぶりに会えたのに申し訳ない思いもあったのか、篤史は志津にぽつりぽつりと愚痴を零《こぼ》した。

「ごめん、ばあちゃん。ちょっと最近シフトがきつくて。まぁその分の給料は貰《もら》えてるから仕方ないけど」

冗談めかした言い方で、本人も笑顔だったので、志津はそこまで深刻に受け止めてはいなかった。その後も月に一度程度は近況報告のメールは届いていたし、孫は就職先で元気に頑張っているのだと信じて、志津は毎日を過ごしていた。

しかし半年前の夏、事件は起こった。

月曜日、パートに向かう準備をしていた志津の元に、一本の電話がかかってきた。望月精機の事務員を名乗る女性は、たどたどしい口調で信じられない事実を告げた。

篤史が職場で倒れ、脳溢血《のういっけつ》を起こして亡くなった――

その後のことは、志津もよく覚えていない。ただ、救急車なのかパトカーなのか、電話の向こうで鳴るサイレンの音だけが妙にはっきりと耳に響いていた。

話が終わると、志津はハンカチで目頭を押さえた。涙が落ち着いたところで、志津は鞄から週刊誌の記事の切り抜きを取り出すと、エリスに手渡した。

「なるほど、労働基準監督署が調査してくれたわけね。業務日誌とタイムカード、監視カメラの映像から、通勤途中の事故――いわゆる労働災害と判断された、と」

「はい。微妙なところもあったようですが、最終的には労災認定されました」

記事によると、篤史は日曜の休日出勤の業務終了後、帰りがけに自転車置き場で倒れ、そのまま亡くなったらしい。遺体は半日後、つまり月曜の朝に出勤してきた社員によって発見された。休日のため目撃者はおらず、遺体も屋外で長時間放置されていたため、正確な死亡推定時刻までは判定できなかったようである。

死因は脳溢血のため事件性はないと判断されたが、原因が内因性によるものか、外傷——自転車での転倒によるものかは、専門家でも意見が分かれた。前者であれば労働との因果関係は認められず、労災認定がされない恐れもあったが、今回は後者の理由が採用された。

原因は「過労」ではなく「通勤途中の事故」扱いになったわけだが、労災と認定された以上、一時金や年金など、遺族への保障は手厚い。

エリスは記事を持ったまま目を伏せた。

「お気の毒だったわね。でも労災認定されたなら、特に問題はないんじゃないの？」

志津はきっと顔を上げた。

「篤史の死後、遺品の引き取りのために望月精機に伺ったんです。事務室に篤史の私物がまとめられていて……段ボールたった一箱分でしたが、孫の大事な思い出の品なので、全て持ち帰ろうとしました」

志津が微かに語気を強めた。

「事務室の隣は社長室なんですが、内扉が開いていたんです。社長さんがこちらに背を向けて電話で話しているのが見えました。たまたま聞こえてきたんですが――確かにこう言ってました。『浪川が死んだせいで、まずいことになった』と」

エリスは目を見開いた。

「一気に不安になりました。篤史が亡くなったことで、会社に何か不利益が生じてしまったのではないかと」

志津は慌てて、他の従業員にも尋ねてみた。

「皆さん、口々にお悔やみを述べてはくれましたが……篤史の件について詳しく尋ねようとすると、途端に口が重くなりました。まるで、会社ぐるみで何かを隠してるみたいに」

さすがにそれはテレビドラマの見すぎな気もするが、志津の表情は真剣だった。

「私の勘違いだったなら良いんです。でも、こんな年寄りがいくら追及したところで、望月精機は本当のことを教えてはくれない。まともに取り合ってもらえないんです」

ハンカチに顔をうずめて肩を震わせる志津に、エリスはかける言葉が見当たらなかった。エリスはしばらく考え込んでいたが、やがて静かに口を開いた。

「わかったわ。依頼内容は『お孫さんの死の真相を突き止め、もし原因を作った者がいるなら、そいつに復讐する』ってことで、いかがかしら」

「……引き受けていただけるんですか」

志津は目に涙を浮かべたまま、エリスに向かって何度も何度も頭を下げた。

依頼を受けたのはいいものの、近年稀《まれ》に見る厄介な案件だった。調査の計画を立てるべく考えてはみるものの、仕込みの手間を想像しただけで頭が痛くなってくる。

「会社の内部事情を調査するとなると、どうしても潜入捜査が必要になるのよねぇ」

独り言のつもりだったが、メープルが目ざとくツッコミを入れてきた。

「ボス。まさかとは思いますが、工場で肉体労働をやるんですか」

「嫌よ、死んでもやらない。アタシは世界で一番、肉体労働が嫌いなの。回避するためなら、どんな面倒な裏工作だってやってやるわよ」

だったら最初から受けなきゃいいのに、というツッコミを顔じゅうに貼り付けながら、メープルはテーブルに残されたティーカップ類を片付け始めた。

不意に、食器の音が止まった。メープルがじっとこちらを見つめている。

「ボス。差し出がましいようですが、本当に受けてしまって良かったんでしょうか」

いつになく真剣な表情である。案件特有の難しさに、薄々気付いているのだろう。

「何でそう思うの？」

「企業相手に復讐するということは、そこに勤める人たち全員を巻き込んで、路頭に迷わせる可能性があるということです。不特定多数の人を陥れるようなやり方は、ボスの主義に反するのでは」

やはりこの子は——自分のやり口も性格も、よくわかっている。ますます冴《さ》え渡る敏腕秘書（小四）の頭脳に、エリスは苦笑するほかなかった。

「そうならないよう努力はするわ。一応、アイディアはあるのよ」

「まだありますよ。企業相手となると、裏工作は何らかの業務妨害に当たる可能性が高いです。いつものような『合法的な』言い逃れが難しいのではないでしょうか」

依頼が孕《はら》む根本的な問題を的確に言い当てると、メープルは心配そうな顔でソファーの正面に腰かけた。

懸念は尤《もっと》もだが、やはりまだ子どもだ。想像力が足りない。

いや、というより——復讐が最終的にもたらすものを、正確に摑み切れていない。

エリスは余裕たっぷりに微笑むと、ぱちん、と指を鳴らした。

「こっそり悪事を働くことだけが『復讐』じゃないわ。『相手にとって一番嫌なことをやる』のが、復讐というものよ」

2

飛島豊《とびしまゆたか》は望月精機の製造部で働く六十二歳のベテラン作業員である。規定上では六十歳で定年を迎えていたが、その後も技術顧問という立場で会社に残り、今なお後輩社員の指導と育成に努めていた。

ルーティンワークが続く工場業務において、今日は一つの転換点でもあった。自分と同じく長く勤めてきた事務員の女性——中村《なかむら》の退職に併せ、新しい事務員が入社してくるのだ。当然、作業員たちの話題は朝からそれで持ち切りだった。

加工機械の電源ランプを指さし確認しているところに、後輩の新村《にいむら》が走ってくる。

「作業室で走るんじゃねぇ」という、もう何度目になるかもわからない小言を「さーせん」と軽く受け流すと、新村ははしゃいだ声で話しかけてきた。

「飛島さん、聞きました？　今日入ってくる事務の人、すげぇ美人らしいですよ！」

今時の若者にしては珍しく、ストレートに女性への興味を示す男である。隣で工具類を並べていた安藤《あんどう》が、突き出た腹を揺すりながら同調した。

「その人、僕も面接の時に見ましたよ。確かにモデルさんみたいでした。ウチなんかで働こうとする意味がわからない」

凡《およ》そ女性に興味がなさそうな安藤にまでそう言わしめるとは、よほどの美人なのだろう。現作業リーダーの垣内《かきうち》が軽口を叩いた。

「じゃ、今日から来るのはきっと別人だな。そんな美人がウチみたいな小汚い工場で働く理由がない。クラブでホステスでもやってたほうがよっぽど儲かる」

「違いないっすね！」

げらげらと笑う作業員たちを横目に、飛島はちくりと釘《くぎ》を刺した。

「お前ら、はしゃぐのも大概にしろ。落ち着きがないと怪我《けが》するぞ」

その一言で、男三人の下品な会話はひとまず落ち着いた。たかだか人が増えるぐらいで大袈裟な騒ぎっぷりだが、こうして作業員同士で気軽に談笑できるほど職場の雰囲気が改善したのは喜ばしいことでもあった。

そう。この半年間は文字通り、試練の時だったのだ。

浪川篤史の労災事故が起こってから、職場はてんやわんやだった。マスコミはろくに取材もせず望月精機を「長時間労働のブラック企業」呼ばわりする記事を垂れ流し、それを信じた連中からは連日のように誹謗《ひぼう》中傷の電話やメールが届く有様だった。火消しには自分たちのような技術職までもが駆り出され、一時は取引先からの注文が激減するなど、実害も深刻だった。もう少し騒ぎが続いていたら、本気で事業の存続が危ぶまれていたかもしれない。

一方、ニュースになったおかげで、常態化していた長時間労働自体は是正された。今はタイムカードも誤魔化すことなく切れるようになったし、この程度なら、世間的には十分許容可能な労働環境だろう。

皮肉な話だが、一番若手で体力もあった篤史があっさり亡くなってしまったことで、作業員たちは初めて、自身が置かれた過酷な環境を認識できたということになる。

とはいえ、問題が完全に解決したわけではなかった。具体的には二代目社長――望月亮《りょう》のパワハラだ。

実を言うとこの工場は、労働時間の長さより、社長のパワハラのほうが目下《もっか》の深刻な問題だった。

営業も兼務している望月は、作業員の数も工数も鑑みず、取引先に良い顔をしたいがための無茶な納期と発注数の作業を気安く請け負ってきた。それで納期を守れないと「役立たず」と叱責を飛ばし、何かと理由を付けて給与からさっ引くという、昔ながらの企業の悪いところを煮詰めたような経営方針だった。

望月本人の能力も、経営者としては三流だった。社長の息子のいわゆるボンボンで、ケチな割に金を扱うセンスがない。いくら会社の経費で接待ゴルフに勤《いそ》しんだところで、受注に繋がらなければ何の意味もないのである。

実際、従業員たちからは「赤字になるのは望月が会社の金を使い込んでいるからだ」と陰口まで叩かれている始末だった。ワンマン社長でここまで人望がないのも、逆に珍しいだろう。

ため息交じりに作業室を見渡すと、従業員三人がそれぞれの持ち場で始業の準備を進めていた。

公然と「ブラック企業」呼ばわりされた職場で働き続ける人間などそういない。他にも数人いた従業員は皆、事故の時に軒並み辞めてしまった。残ったのはこんな状況下でも働かざるを得ない、事情を抱えた連中ばかりだ。

自分の場合は定年を理由にリタイアもできなくはないが、先代社長への恩もある。

何も知らない若造だった自分を社長が拾い、技術者として育ててくれたおかげで、これまで食うに困らず生きてこられたのだ。

何より自分には「最後の仕事」が残っていた。それを完遂するまでは、絶対に辞めるわけにはいかない。

始業のベルが鳴り、望月が朝礼のため作業室に入ってきた。後ろに続く噂の事務員は、二十代後半ぐらいだろうか。色白で彫りの深い顔立ちはハーフのようで、確かに西洋の女神のような美しさがある。

望月は手早く業務報告を済ませると、女性を紹介した。

「今日から事務の仕事をお願いすることになった、片桐さんだ。皆、よろしく頼む」

「片桐エリスです。どうぞよろしくお願いします」

お辞儀一つとっても優雅な所作に、皆、圧倒されて黙ってしまった。空気を読まずに沈黙をぶち破ったのは、新村のバカだ。

「はいはい、質問です！　片桐さんって独身ですか？　彼氏とかいます？」

「単身赴任中の夫がいます。それと小学生の娘が一人」

片桐は特に気にする様子もなく、笑顔で答えた。

ちぇー、とか何とか、呑気《のんき》な反応が続く中、今度は望月がねちっこい声で囁いた。

「聞いたか、お前ら。既婚者なんだから、くれぐれも間違いを起こすんじゃないぞ」

おい。いきなり何を言い出すんだ、馬鹿野郎。

望月は未《いま》だに、こういう生々しいセクハラまがいの失言をする。どこが地雷になるのか理解できないのだから、素直に黙っていればいいのだが、それができないのだ。

すっかり引いている皆の視線にも気づかず、望月は片桐の肩に手をやった。

「何か問題が起こったら、すぐに報告してくれ。職場で話しづらいようなら、終業後に個別に、直接私に伝えてくれても構わないし……」

その辺で――と口が開きかけたところで、片桐がやんわりと望月の手を払った。

「いいんですか、社長。労災の次はセクハラで週刊誌の記事にされますよ？」

その場の空気がぴきり、と凍った。

一瞬、何が起こったのかわからないらしい望月は、もごもごと口を動かしていたが、結局、顔を真っ赤にしたまま俯いてしまった。

何とも言えない、微妙な沈黙が続く。望月は踵《きびす》を返すと「さっさと業務を開始しろ！」と、悪徳経営者さながらの捨てゼリフを残して去っていった。

新村がひゅう、と口笛を吹き「片桐さん、かぁっこいい♪」と囃し立てた。片桐は敬礼のようなポーズで応じると、いたずらっ子のようにはにかんでいる。

どうやらこの新入り、見た目より強《したた》かな性格らしい。セクハラと過度に騒ぐことなく、相手をやり込める機転も利いている。

馬鹿社長に一泡吹かせてやったことで、皆が内心で快哉《かいさい》を叫んでいるのは明らかだった。いとも容易《たやす》く痛快な反撃をやってのけた片桐の姿は、不器用な自分にはどこか眩《まぶ》しいほどだった。

＊＊＊

「この機会に、作業室の動線を見直しませんか。皆さんの迷惑になったら大変ですので、計画に問題がないか事前に見ていただきたいんです」

片桐の無邪気な提案に、垣内潤也《じゅんや》は思わず眉を上げた。

確かに自分は製造部のリーダーだが、あくまで肩書きだけで、実際に現場を取り仕切っているのはベテランの飛島である。そんなことは誰でも、一日この会社で働けばわかることだ。自分にお鉢が回ってくるなんて、完全に予想外だった。

そのうえ、片桐は入社してからまだ一週間だった。やる気があるのは大いに結構だが、あまりに前のめりな勤務態度は正直、面倒臭い。

垣内は愛想笑いを浮かべると、差し出された資料を受け取った。

適当に中を見て、適当な理由を付けて突き返そうと内心で思っていたところで——ページを捲る手が止まった。

・作業室の物の在り処を全て撮影し、見取り図を作成。壁面に貼り付けておく。
・全ての道具類に管理シールを貼り、専用置き場を設置。これにより、道具類の在庫管理を徹底し、置きっぱなしを解消する。
・バッテリー置き場をテープでゾーニング。充電状態が一目でわかるようにする。

業務改善の内容としてはオーソドックスなものばかりだが、いずれも手軽に実施でき、効果も高そうなものばかりだった。計画書には箇条書きにされた要点とともに、ビフォア・アフターを図示した見取り図まである。想定費用と削減見込み費用の収支、実施に際してのタイムスケジュールまでもが練られ、簡潔にまとめられていた。

素人の思い付きかと思っていたら、なかなか丁寧な仕事ぶりじゃないか──

垣内は素直に感心していた。何より、入社したばかりの片桐が、会社が抱える根本的な問題点を指摘してきたことに驚きを隠せなかった。

望月精機の社員は（社長を除いて）皆、優秀である。一ミリの百分の一、千分の一レベルの精度の加工を手作業で実施できる技術は業界内でも指折りのレベルだが──問題は別にあった。

作業員のコスト意識が希薄で、技術以外の部分にてんで無頓着なのである。

例えば、作業場に一つしかない特殊な工具を新村が元に戻さなかったせいで、全ての機械の運転を止め、全員で探し回ったことがあった。電池類の充電状況も判然とせず、交換でハズレを引いた安藤が舌打ちしながら元に戻しに行くこともあった。

一つ一つは小さな中断でも、積み重なれば大きなロスに繋がる。残業が多かったのも、結局は作業以外のこうした無駄な時間が主な原因だった。

結果として長時間労働が常態化し、終業時には皆が疲れ切ってしまっていた。そこに追い打ちをかけるように望月からの罵声が飛び、萎縮した作業員は再びミスをし、そのリカバリーのため全員が作業の手を止める——悪循環としか言いようがなかった。

自分でも気づかないうちに、垣内は頷いていた。

「素晴らしい内容だね。ぜひやりましょう。実際の進め方は片桐さんに任せます」

片桐は顔をほころばせると「では、早速明日から取り掛かりますね！」と一礼した。

軽やかな足取りの後ろ姿を見ながら、垣内はふと、浪川篤史のことを思い出していた。

そういえば、篤史もよく業務改善案を出してくれたっけな。

大抵は実現性の低い、子どもの思い付きのようなアイディアだった。何度ボツにしても懲りずに提案してくるので、その粘り強さには垣内も閉口したものだ。

それでも篤史は篤史なりに、職場の環境を何とかしようと必死だったのだ。真面目で素直な、本当に良い子だったのに——

不意に、篤史が亡くなる前の出来事が思い出された。金曜の終業間際、作業室で篤史と二人きりになった時のことだ。

連日の残業のストレスが溜《た》まっていて、つい余計な一言が口をついた。

「篤史、お前の分のノルマが遅れてるぞ。週明けまでにちゃんと埋め合わせろよ」

発破をかけるつもりだった。ノルマだって、そこまで重大な案件ではない。

それでも篤史は自分の苦言を正面から受け止め、できることを考えたのだろう。日曜にわざわざ休日出勤をしたのも、きっと自分の一言が原因である。

他の奴らには口が裂けても言えないが、それでも垣内は後悔していた。自分が余計なことを言ったばかりに、篤史は死んでしまったのだ、と。

3

エリスが望月精機に潜入してから二週間が経過したが、調査の進捗は芳しくなかった。目の前の業務に課題が多すぎて、労災事件の調査にまで辿り着けないのである。

望月精機の労働環境は、事前に想定していたほどは悪くなかった。単純な労働時間だけ見れば至って常識的な範囲だし、従業員も見たところ真面目に働いている。提案した作業室内の動線変更も、スムーズに完了させることができた。

ただ――勤務時間が始まってからの作業員の目は、全体的に濁っていた。朝礼の際には和やかだった空気が、業務が始まった途端、一気に淀《よど》みだすのである。

原因は明らかで、社長の望月の度重なる暴言だった。職場をブラックたらしめているのは労働時間ではなく社長のパワハラというのが、エリスの率直な見立てだった。

前任者の中村が残した引継ぎ資料にも、日々の不満は如実に表れていた。彼女は凡

ていた。

その業務を、一人で取り仕切っていたらしい。事務の範疇《はんちゅう》を超えたバックオフィスのほぼ全ての業務を、一人で取り仕切っていたらしい。

そもそもこの潜入捜査は、事務員の中村に自発的に会社を去ってもらうことが仕込みの第一歩だった。エリスは中村の素性を徹底的に調べ上げ、資料を揃《そろ》えたうえで知り合いの転職エージェントに紹介したのである。

人事・総務・経理全てを担っていた中村は、年齢こそ四十歳を過ぎていたが、労働市場でも十分に戦える経験とスキルの持ち主だった。そのような優秀な人材を安い時給で買い叩き、奴隷のようにこき使ってきたのが、社長の望月である。

中村も長年勤めていた職場に愛着はあったのか、転職エージェントからのスカウトを最初は固辞していたらしい。最終的に彼女の背中を押したのは、年収などの条件ではなく、エージェントとの信頼関係だった。

過酷な労働環境に慣れていた中村はパワハラへの感覚も幾分麻痺《まひ》していたが、エージェントは辛抱強く話を聞き、本来あるべき上司の姿と社員への待遇について、丁寧に説明した。同時期に、望月が勘違いで中村を叱責するという事件も手伝って、彼女は転職することを決断したらしい。社員を大切にし、長く働き続けてもらうという大目的を忘れると、企業はいとも容易く優秀な人材を失う羽目になるのである。

とはいえ、社長のパワハラばかりは、一朝一夕にどうにかなるものではない。

エリスは嘆息したが、続けて次のプランに移った。作業室の次は事務室の改善——

前任者が紙で管理していた帳簿類や書類、注文書類の電子化である。

何でもかんでも電子化するのは効率的とはいえないが、望月精機が小ロットでの生産を請け負っている以上、過去の受注履歴などの検索性の高さは重要である。

エリスは各種書類を全てエクセルで打ち直してデータ化し、注文から検収までのフローも併せて整理した。仕上げに問い合わせ回答や見積もり作成対応までを自動化する準備を整えたが、ここから先を実現させるにはパソコンのスペックが心許ない。

エリスは望月に直訴した。

「問い合わせへの回答や見積もり作成を自動化できそうなのですが、今のパソコンではどうしても力不足です。新しいパソコンを一式、購入できないでしょうか」

望月はあからさまに難色を示した。

「それは今のパソコンじゃできない話なのかな。自動化なんてしなくても、片桐さんが面倒がらず、手を動かせば済む話だろう」

目先の出費を悪と見なす、典型的なケチ経営者の発想である。自身のゴルフ代は意地でも経費で落とそうとするくせに、長期的な視点に欠けるとしか言いようがない。

この男が社員からまったく尊敬されない理由の一端が垣間《かいま》見《み》えた気がした。

望月はねちっこく続けた。

「それに、君が優秀なのはわかるけど。もう少し愛嬌《あいきょう》というか、上の人の言うことを素直に聞いたほうが良いんじゃない？」

初日のセクハラの件を根に持っているのだろう。望月としてはそれを理由にエリスを解雇したいのだろうが、実際に業務効率は上がっているので、踏み切れないのだ。

こういうタイプを強制的に動かすには、巻き込んでしまうのが一番早い。

翌日、エリスは強行策を実行した。望月のものも含め、事務室にあった二台のパソコン全てのデータのバックアップを取ったうえで、意図的に故障させたのである。

望月は大慌てでパソコンを叩いたり電源を繋ぎ直したりしていたが、結局、復旧はしなかった。エリスは望月の背後に忍び寄ると、わざとらしく驚いてみせた。

「まぁ、大変。これはまとめて買い替えるしかないですね」

バックアップのデータをエリスが持っている以上、望月も首を縦に振るしかない。ついでなので必要スペック以上の最新機種を見繕い、おまけで新型複合機も追加して、エリスは機器類の発注を済ませた。

新しいパソコンがくるまでの間に、エリスは更に調査を進めていった。

業務改善を積み重ねたおかげで、作業員の残業時間は目に見えて減り始めていた。望月も憂さ晴らしで社員を叱責しようがなくなってきたので、職場の雰囲気も何となく明るくなり、笑顔が増えている。

ここまでお膳立てが済めば、本題を切り出してもいい頃だろう。

エリスは社長室に赴くと、業務報告がてら、篤史の事件の話を振った。

「そういえば、以前は労災事件についてマスコミの問い合わせがあったそうですが」

望月は明らかに渋い顔をすると、大きなため息をついた。

「奴らも飽きたんだろう。万が一来たら、適当に対応しておいてくれ」

妙に投げやりな態度である。エリスは思い切って鎌をかけてみた。

「マスコミではありませんが、先日、ご遺族の方から電話がありました。社長と直接、話がしたいと。話が見えないので、いったんお断りしましたが」

「またか。あのばあさんもしつこいな」

望月は忌々《いまいま》しげに舌打ちすると、椅子にふんぞり返った。

「孫が死んだのは気の毒だが、話すことなんて何もない。うちだって迷惑してるんだ。風評被害に取引先の減少に、どれだけ損害を被ったことか」

望月は声を荒らげた。

「大体、若いのに脳溢血だなんて――持病か何かがあったんじゃないか。労災認定されただけ感謝してほしいぐらいだ」

若き従業員の死も、この男に我が身を省みさせるきっかけにはならなかったらしい。

「それより新しいパソコンはまだなのか。初期設定まで済ませておいてくれよ」

望月は口を尖《とが》らせると、面倒そうに話を打ち切ってしまった。

二日後の金曜、念願のパソコンと新しい複合機が到着した。エリスは新村と安藤に設置を手伝ってもらいながら、事務室のレイアウト変更を進めていく。

「それにしても片桐さん、いいの買ってもらいましたね。羨ましいっす！」

換気のため窓を開けた新村が快活な笑みを浮かべた。篤史亡き後の職場では最年少の、軽いノリと敬語の使えなさがいかにも今風な若者である。

「片桐さん。説明書はまとめておきましたから、困った時は見てください」

小太りの安藤がクリアファイルを寄越してきた。女性に対して苦手意識があるのか、最初は目も合わせてくれなかったが、少しは慣れてくれたらしい。仕事自体は正確で丁寧だが、少々時間をかけすぎてしまうきらいがあるのが難点だ。

休憩時間になると、垣内と飛島までもが事務室に見学にやってきた。精密機械工場で働いている者の性《さが》とでもいうのか、新しい機械には興味があるのだろう。

「お、最新型だねぇ。これなら見積りの自動化も簡単にできそうじゃない」

垣内はへらへらと笑うと、新品のパソコンを撫《な》でた。リーダーの割に偉ぶることなく、誰にでも分け隔てなく接するところが好ましい男だ。唯一、飛島には気を遣っているようだが——飛島本人は特にどうとも思っていないようである。

エリスにしてみれば、この飛島が社内で一番掴めない男だった。とにかく口数が少なく、必要最低限のことしか喋らない。今も無言で、複合機の説明書を熟読している。

用済みとなった古いパソコンを机の端に置いていると、垣内が再び話しかけてきた。

「古いヤツはどうする？　良かったら、プレス機を使ってこっちで廃棄しようか？」

ありがたい申し出だが、機密情報の絡みもある。エリスは首を振った。

「お気遣いありがとうございます。一応、初期化はしてありますが、週明けの火曜日に業者に来てもらいます。データを削除して破砕してもらったほうが安心ですので」

盗み見た履歴書や業務日誌、日々のやり取りの中で、エリスは何となく皆の性格を理解してきていた。あとは半年前の事件について聞き込みを進めていくだけだが、話題が話題だけに、いかんせん自然に聞き出すのが難しい。

それでもエリスは手を替え品を替え、世間話も交えながら情報を集めていった。今やエリスの勤務時間の内訳は、三割が通常業務、七割が調査業務である。

篤史の遺体の第一発見者は新村だった。当日、早番で始業一時間前に到着した新村が自転車置き場に向かったところで、篤史の遺体を発見した。その直後に、大声を聞きつけた飛島が現場にやってきたらしい。

飛島は篤史が亡くなっていることを確認すると、新村に警察を呼ぶよう指示した。新村は急いで事務室に向かい、警察に連絡。それから約二十分後に事務員の中村、作業員の垣内と安藤がやって来て、社長の望月がやや遅れて最後に到着した。工場は郊外にあるので、警察の到着はその後だったとのことである。

こうして時系列を鑑みると、タイミング良く現れた飛島の動きだけがどうにも不自然である。エリスはさりげなく垣内に疑問をぶつけてみたが、結果は空振りだった。

飛島は週明けはいつも自発的に早番に近い時間に出社しており——要するに「いつ

ものこと」で、取り立てて珍しい話でもないそうである。

なかなか肝となる情報には辿り着けなかったが、一つだけ明らかなことがあった。従業員が皆――篤史の話を振った際に、不自然な反応を示すのである。

ある者はあからさまに目を逸《そ》らすし、またある者は早口で話を終わらそうとする。こちらが見てわかるほどに、露骨に汗をかき始める者もいた。

理由はわからないが、全員が全員、篤史の死に関して何らかの負い目を感じているように見受けられた。これでは志津が「組織ぐるみで何か隠している」と勘繰るのも無理はない。

大した進展がないまま三週間が経過したところで、大事件が勃発した。

火曜日、出社したエリスが事務室に向かうと、何やら室内が騒がしかった。慌てて中に入ると、望月が大声で叫んでいる。

「一体どこのどいつだ！　いたずらじゃ済まされんぞ！」

見ると、キャビネットの下、重要書類の保管用金庫の扉が開け放たれていた。中身が荒らされたのか、大量の茶封筒が手前に落ち、床には書類が散乱している。

――強盗か。

瞬時に状況を理解すると、エリスは警戒するように事務室内部を見回し――すぐに気付いた。

机の端に置いておいたはずの古いパソコン一式が、なくなっている。

望月の大声を聞きつけた従業員たちが続々と集まってきた。「うわ」「マジかよ」という反応をかき消すように、望月が更に声を荒らげた。

「金庫だけじゃない、パソコンもだ！　機密情報の管理はどうなってる！」

エリスは努めて冷静に応じた。

「申し訳ございません。すぐに警察を呼びます」

瞬間、望月の表情が強張った。落ち着かない様子で視線を彷徨わせると、気を落ち着かせるように一度、咳払いをした。

「いや、待て。書類の盗難状況を確認してからにはなるが、警察には連絡しない」

従業員たちが一斉に反発した。

「さすがにマズくないっすか？　泥棒でしょ？」

「どうしちゃったんですか、社長。落ち着いてくださいよ」

がやがやと騒ぐ従業員たちを「えぇい、うるさい！」と一喝すると、望月は血走った目でエリスを睨みつけた。

「そうだ。元はといえば、君がパソコンを買い替えたのが原因だろう。すぐに古いものを処分していれば、こんなことにはならなかったんじゃないのか」

確かに、旧パソコンの処分を急がなかったのは自分の失態だ。

エリスは即座に申し訳なさそうな表情を作ると、目にいっぱいの涙を浮かべた。

「本当に申し訳ございません。私の責任です」

「大体、君はねぇ……」

妙に勢いづいた望月が叱責を続けようとしたところで、飛島の助け舟が入った。

「社長、その辺で。過ぎたことで彼女を責めても仕方ないでしょう。それよりどうするんですか。本当に警察には通報しないんですか」

「しないと言ったろう！　いいか、これは社長命令だからな！」

望月は大声で叫ぶと、バタバタと社長室に引っ込んでいってしまった。

残された従業員たちも、どうしたものか、と顔を見合わせている。後味の悪い沈黙の中、飛島が口を開いた。

「……社長があそこまで言うなら、通報はなしにしよう。お前らも、戻るぞ」

飛島は踵を返すと、作業室に向かって出て行ってしまった。

去り際の皆の「片桐さんのせいじゃないっすよ」とか「気にしないでね」という慰めを聞きながら、エリスは静かな闘志を燃やしていた。

一体誰が、何の目的で書類用金庫を荒らし、パソコンまで盗んでいったのかは知らないが――自分の潜入調査中に盗難事件を起こすとは、やってくれる。

エリスはさっさと嘘泣きを引っ込めると、パソコンを開いた。

事前に設定しておいた監視カメラ映像のデータにアクセスし、月曜の終業後から今日の朝にかけ、不審な動きがないか確認していく。

望月精機の監視カメラは全部で四箇所に設置されていた。敷地入口の正門、事務室の入口、ロッカールームから作業室へ繋がる扉、作業室の内部、である。

四分割された画面を細かくチェックしていると、午前二時過ぎに異変があった。作業室を映した映像が乱れたかと思うと、画面が真っ暗になった。続けて二分後、今度は事務室入口付近のカメラの映像が乱れ、同じように画面が消える。どちらの映像にも、人影は映っていない。

恐らく、画角外から長い棒のようなもので電源ケーブルを抜き、カメラを無効化したのだろう。ケーブルさえ繋がっていなければ、カメラもただの箱だ。

エリスは犯人の動きを想像してみた。

そもそも作業室内のカメラは一台しかなく、室内全てをカバーできているわけではない。特に部屋の左奥、地窓の辺りは映像に映っていなかったので、当然、画角外だ。恐らく犯人は事前に地窓の鍵を開けておいたのだろう。すぐ外は自転車置き場で、人通りもない。

午前二時、犯人は正門を避け、どこかの塀から敷地内に侵入した。そこから地窓を通って作業室に侵入、まずは作業室内のカメラの電源ケーブルを抜く。そのまま悠々と室内を抜けて事務室前に行き、同じ方法でカメラを無効化する。事務室入口のカメラは室内に向いているので、扉の付近から棒を伸ばせば映される心配もない。

犯人は事務室に侵入して書類金庫を荒らし、パソコンを奪う。そして同じルートを通り、再び外に出て行く。

──これでまぁ、一応の筋は通る。

しかし同時に、この仮説はいくつかの事実を示していた。

犯人は「事務室内にカメラが設置されていること」「カメラを無効化するためには、事務室の窓からではなく、入口からのアプローチが必要なこと」「そのために作業室のカメラを先に無効化する必要があること」「事前に地窓の鍵を開けておく必要があること」を知っていた。

つまり、どう好意的に解釈したとしても──内部の人間の犯行である。

導き出された結論に首を捻《ひね》りながら、エリスは思わず呟いた。

「……どうやらアタシの他にも、何か企んでるヤツがいるみたいね」

＊＊＊

混乱した脳内がまとまらないまま、望月亮は勢いよく社長室のドアを閉めた。弾《はず》みで壁にかかっていた「躍進する町工場」の額装が落ち、割れたガラスが床に飛び散る。それでも怒りは収まらず、望月は乱暴にソファーに腰を下ろした。

原因はわかっている──あの女だ。

望月はエリスの美しい横顔を思い浮かべた。

片桐エリスが来てから、妙なことばかり起こるようになった。気づいたら新しいパソコンを買わされ、複合機まで新調する羽目になっていた。どんな魔法を使ったのか知らないが、社員の残業時間も減り、ミスも少なくなってきている。

これでは社員に文句を言う機会も、叱責する理由も見つけられない。社長特権で続けてきたささやかなストレス発散法をも封じられてしまったことで、自分のストレスは溜まっていく一方だった。

浪川篤史の名前を聞く機会も増えた。一体何を嗅ぎまわっているのか、あの女は折に触れ、従業員に浪川の事件の話をしているらしい。

その矢先に、今回の盗難事件だ。もはや、あの女が裏で何らかの手引きをしているのではないかと疑わしくなってくる。

望月は荒らされた金庫の様子を思い浮かべた。

そうだ。どんなに不審がられようとも、警察を呼ぶわけにはいかない。特に会社の経理情報は、精査されてしまっては困るのだ。

浪川の時も間一髪だった。急いで税理士に連絡し、帳簿類を一時的に預かってもらえたから良かったものの――その前に金庫の中を調べられたら危なかった。

幸い、浪川の死因が明らかに病死だったおかげで、警察も事務室の中を調べたりはしなかったし、提出を要請された書類も労働関連のものだけだったが――引き続き油断は禁物だ。

望月は眉間を押さえた。

経営者とは孤独な仕事だ。たった一人で従業員と家族全員の暮らしを引き受け、難しい決断を下していく。誰からも理解されず感謝もされず、相談できる相手もいない。突然、取引先が潰れてしまったらどうしよう。もう二度と注文が来なくなったらどうしよう——他人が聞けば馬鹿げているような不安を、経営者は常に、年中無休で抱えているのだ。二代目とはいえ、それが社長に選ばれた自分の責務だと言えばそれまでだが、よほど強い精神力がなければ耐えられる仕事ではない。

だったら、相応の見返りを求めて何が悪いというのだろうか。

「自分は当然の権利を行使しているだけだ。今までも、これからも」

言い聞かせるように呟いているうちに、高鳴っていた鼓動も落ち着いてきた。望月は再び大きく息を吐くと、自身の頬を両手で叩いて気合を入れ直した。

4

最近、仕事が辛《つら》くなくなってきたな——ぽっかりと晴れた冬空の下、新村大和《やまと》はそんなことを考えていた。

入社当初は、同業他社と比べて給料が良いことにしかメリットを感じていなかったが、最近はそうでもない。同僚たちとも気兼ねなく話せるようになったし、自身のスキルも上がってきた。仕事に対するやりがいのようなものも、ようやく芽生えてきた気がする。

社長の望月は大嫌いだが、同僚の皆のことは尊敬していた。頼りになる飛島さん、地元の悪い先輩みたいに気安く話せる垣内さん、マニアックな話が面白い安藤さん。そして一番年が近い、弟のような存在だった——篤史。

今は亡き後輩の顔を久しぶりに思い出しながら、新村は作業着からタバコの箱を取り出した。

今日は望月は朝から接待ゴルフに出かけていた。社長不在、且《か》つ急ぎの発注もないこんな日は、工場は一気にリラックスモードに包まれる。

昼前から飛島と二人、自転車置き場で長めのタバコ休憩を取っていると、丸眼鏡の少女が敷地内に入ってくるのが見えた。

少女はこちらに気づくと、小走りで近づいてきた。

「お仕事中に申し訳ありません。片桐の娘の楓と申します。母にお弁当を届けに来たのですが、取次ぎをお願いできますでしょうか」

就活本に載っているような完璧な敬語に、思わず口からぽろり、とタバコが落ちた。

何だこの子。凄い。というか逆に、怖い。

言葉遣いだけ聞けば、自分より完全に社会人スキルが上である。同じようなことを考えているのか、隣の飛島も笑いを堪《こら》えていた。

気を取り直して、少女の傍らにしゃがみ込んだ。

「こんちわ。楓ちゃんっていうの？　何年生？」

「小学四年生です」

片桐に娘がいるとは聞いていたが、随分大きなお子さんだ。片桐は一体いくつの時にこの子を産んだのだろうか。

楓は洋風な顔立ちの片桐とはあまり似ていないが、くりっとした目が可愛《かわい》らしい少女だった。きっと今は冬休み中なので、わざわざ職場まで来てくれたのだろう。

ふと、良いアイディアを思いついた。タイミング良く、今日は望月も不在である。せっかく来てくれたのだから、楓に社会科見学をさせてあげるのはどうだろうか。こんな可愛らしい子が職場に来てくれたら、他の皆もきっと喜ぶだろう。

新村は歯を出して笑うと、事務室のほうを指さした。

「お母さんなら事務室だよ。ついでに工場の中、見学していかない？」

断られるのも承知での提案だったが、意外なことに楓は乗ってきた。

「興味深いです。ぜひ、お願いします」

楓は一礼すると、新村の作業着の裾を摑んできた。

なるほど、これは確かに——可愛い。思わずニヤニヤしてしまう。娘を持つ父親というのは、こんな気分なのだろうか。

新村の予想通り、片桐へのお使いを済ませた楓は、作業室に入るなり、皆に取り囲まれて歓待された。垣内に至っては、完全に頰が緩みきっている。

「俺の娘、まだ二歳なんだけどさぁ。もう少し大きくなったらこんな感じなのかって、何か想像しちゃうよ」

デレデレの垣内は頼りにならないので、作業の説明は全て安藤がやってくれた。楓は律儀にメモを取りながら、真剣な表情で話を聞いている。

「……というわけで、望月精機は機械を作るメーカーさん向けに、特別な部品を作る仕事を請け負っているんですね」

安藤の説明が終わると、楓がぱちぱちと拍手をした。

「お話どうもありがとうございました。大変勉強になりました」

まるで取材記者のようなお礼である。楓はメモを取りながら続けた。

「事業内容の次は福利厚生について伺いたいんですが、こちらの会社は社員食堂ですとか、社員寮の類《たぐい》はありますか？」

『福利厚生』なんて言葉、自分は小四で知っていただろうか。子ども離れした楓の語彙に苦笑しつつも、安藤は丁寧に回答した。

「うちは中小企業なので、そういうのはないですね。皆、好きなところに勝手に住んでます。仕事人間の飛島さんだけは、すぐ横のアパートに住んでますけど」

「無駄な通勤時間が嫌いなだけだ」

飛島のコメントは相変わらずぶっきらぼうだが、そんな言い方では楓が怖がってしまう。すかさず垣内がフォローを入れた。

「おじちゃんは照れてるだけだから、気にしないでね。でもね、このおじちゃん、実は凄い人なんだよ。この中で一番のベテランで、お仕事も凄く早いんだ」

「そうそう。俺の二倍ぐらいの速さで、ばーっと仕上げちゃうんすよ」

「二倍は言いすぎだ。そこまで早くない」

必死のフォローも意味をなさず、飛島はそっけない口調を崩さない。昭和脳というか何というか、子ども相手に応用力のない人である。

楓が、はたと何かに気づいたようにメモの手を止めた。

「そういえば、皆さん。お仕事中にこんな風に休んでいて、大丈夫なんですか」

思わず皆で顔を見合わせる。なるほど、子どもらしい疑問だ。

今度は代表して自分が答えた。

「楓ちゃん。大人になったら皆、うまいことサボるようになるんだよ。偉い人が見てる時だけ、頑張ればいいんだ」

教育に悪いアドバイスだが、事実ではある。

「それに、本当は皆、もう少しだけ『悪いこと』もしてるんだよ。でも今は内緒。楓ちゃんが大人になったら教えてあげる」

垣内が意味深な言い回しで同調する。安藤は一つ手を叩いて、話を締めにかかった。

「悪い大人もいますけど、うちには最後の砦《とりで》の飛島さんがいますから。僕たちが羽目を外しそうになったら、きちんと止めてくれますよ」

再び飛島を立てるコメントを添えると、安藤は授業終わりの教師のようにぺこりと頭を下げた。

社会科見学が終わった後、今度は垣内が事務室から古新聞を取ってきた。

垣内は新聞紙の折り紙で兜《かぶと》を作り、楓に被せてやる。楓は目を丸くすると、感嘆したように呟いた。

「噂には聞いてましたが、本物は初めて見ました」

今時の子は、こういう折り紙もやらないのか。自分もまだまだ若いつもりでいたが、先ほどからジェネレーションギャップを感じっぱなしである。

「よぉし、それじゃお兄さんも、鶴を作ってあげる！」

自分も別に折り紙は得意じゃないが、鶴ぐらいなら折れる。他にも記憶の底から手裏剣やら蛙《かえる》やらの折り方を引っ張り出してきて、次々に折ってみせた。

「皆さん、凄く器用なんですね」

「いやいや。俺なんかより、篤史のほうがよっぽど……」

「篤史？」

はっとしたところで、もう遅かった。じっとりとした、皆の非難の視線が痛い。

わかってる、今のは明らかに自分の失言だ。

誤魔化すように咳払いをすると、努めて何でもないように切り返した。

「篤史……っていう、後輩の男の子がいたんだよ。俺より全然、手先が器用でね。事務員の人にもよく、新聞紙で小物入れを作ってあげてたんだ」

「ひょっとして、浪川篤史さんのことでしょうか」

ひゅっ、と自分の喉が鳴った気がした。

片桐から聞いていたのか、それとも底知れない好奇心から事前に調べてきたのかはわからないが、とにかくこの子は篤史の事件を知っているのだ。

驚いている自分たちに構わず、楓は続ける。

「一緒に働いていた仲間が亡くなってしまうなんて、本当にお気の毒です。遺体を発見した時は、怖くなかったんでしょうか？」

何だか言わされているような感覚を覚えたが、答えないわけにもいかない。

「……怖いより何より、驚いちゃったかな。飛鳥さんが来てくれたおかげで何とか冷静になって、警察に通報できたから良かったけど」

思わず飛鳥に視線をやる。いつも無表情な飛鳥が、微かに沈痛な面持ちを見せた。

「そうだな。何だか可哀《かわい》そうだった。暑そうな恰好で長時間見つけてもらえなかったかと思うと、本当に気の毒だったよ」

折り紙タイムも終了し、楓を門まで送り出したところで、ようやく一息つくことができた。何だか今日は久しぶりに、たくさん篤史の話をした気がする。

朝、タバコを吸っていた時よりも遥《はる》かに鮮明に、後輩の顔が思い出された。

篤史は真面目で、休むのが下手だった。急がなくてもいい仕事も全力で、垣内さんの冗談も真に受けて——その度に自分が注意しても、きょとんとしていたっけな。

良かれと思ってしたアドバイスもあったが、篤史には迷惑だったかもしれない。余計な入れ知恵をしたつもりはないが、受け取り方は人それぞれだ。

篤史が自分のアドバイスを聞き入れたかどうかは、今となってはわからない。何せ篤史はその話をした後すぐ、亡くなってしまったのだから。

＊＊＊

安藤泰介《たいすけ》は女性が苦手だった。より正確に言うと、気の強そうな女性が苦手だった。

小学校の時から太っていた自分はクラスメイトから虐《いじ》められるのが日常茶飯事で、特にリーダー格の女子からは親の仇《かたき》の如く嫌われることが多かった。女性は醜い容姿の男に、特にデブには当たりが強い。

だから片桐が来た時は、なるべく関わらないようにしようと決めていた。ああいう学生時代のスクールカーストが上位だったタイプは、事務員だろうと安心はできない。

ところが、当初の懸念に反して、片桐はさっぱりとした性格だった。社長相手にも臆せず反論できる強さは一種、痛快ですらあった。

同時に、違和感も覚えていた。片桐が来てから――浪川篤史の名前を聞く機会が明らかに増えたのである。

安藤は篤史が亡くなる前日、土曜の出来事を思い出していた。

実は当初、安藤も日曜に出勤する予定だった。自分は仕事が遅いし、多少の休日出勤が必要になるのは仕方ない。三時間ほど作業をすれば、遅れているノルマも十分埋め合わせられるはずだった。

しかしその目論見《もくろみ》は、土曜の友人からの電話であっさりと覆された。オタク仲間の友人が、翌日の推しアイドルの握手会チケットを譲ってくれることになったのである。

地下アイドルから始まった彼女たちの握手会チケットは、今や古参のファンでもなかなか手に入れられない、プレミアものになっていた。この機会を逃したら、次はいつ手に入るかわからない。

社会人として良くない態度であることはわかっていたが、それでも自分はチャンスを諦めきれなかった。そこで、思い切って後輩の篤史に――翌日の出勤と、自分のノルマの肩代わりを頼んだのである。

「あぁ、いいっすよ。俺も遅れてるノルマあるんで、ついでにやっときます」

電話口の向こうの篤史は嫌な反応一つせず、急なお願いをも聞いてくれた。

篤史の優しさに感謝しつつ、自分は「持ちつ持たれつ」だとも感じていた。

あの頃は皆、残業と望月のパワハラとで疲れ切っていた。他人のミスの尻拭いをすることなどしょっちゅうで、自分も何度か篤史のミスをカバーしてやった記憶がある。だから想像もしていなかった。篤史が休日出勤をした直後に、亡くなってしまうなんて。

篤史自身も「ノルマが残っている」と言っていたから、自分が頼まなくても、自発的に出勤していた可能性はある。だが、ノルマを肩代わりさせてしまったことまでは、誰にも言えなかった。

思い出すだけで、後悔で吐きそうだった。篤史に休日出勤を促したのは自分で——それは即ち、死のきっかけを作ったのも自分であるという事実に他ならないのだから。

ある日の終業後、飛島が「ちょっといいか」と話しかけてきた。他の連中には聞かれたくないのか、わざわざ外の自転車置き場にまで呼び出された。

飛島は再度辺りをきょろきょろと見回すと、真剣な顔で口を開いた。

「例の件、考えてくれたか」

「……あれ、本気で言ってたんですか」

飛島の要件とは、要するに転職についてだった。この職場を離れ、一緒に別の工場に移らないかと、以前から誘われていたのである。

「この会社にいても未来はないぞ。お前は若いし技術もあるんだから、引く手あまただろう」

この人と対峙《たいじ》すると、話をしているだけなのに詰め寄られているような気分になってくる。自分も真剣に検討してはいたが、現時点では首を横に振るしかなかった。

「……確かに望月精機はブラックですけど、同僚の皆さんは良い人たちばかりです。給料も同業他社より遥かに良い。尊敬できる先輩方もいるし……転職してまでここを出ていくメリットは、今は感じません」

正直な気持ちを吐露すると、飛島は残念そうに頷いた。「気が変わったら教えてくれ」とだけ言い残すと、飛島は建物に戻っていってしまった。

5

メープルを職場に呼び寄せてまで強行した情報収集のおかげで、事件前後の皆の様子は摑めてきた。

だが、やはりまだ最後のピースが足りない。皆が何を隠し、事件当日の篤史に何が起こったのかだけが、靄《もや》がかかったように不明瞭だ。

エリスは休憩時間に、事件現場である自転車置き場を調べ始めた。

自転車置き場は工場のちょうど左側にあった。喫煙所も兼ねているのか、スタンド型の古びた灰皿が置かれている。近くには例の、作業室へ繋がる地窓があった。

篤史の死因が脳溢血であることは動かし難い事実である。しかし、仮に労災認定時に問題となった外傷が他者によるものだったとしたら――ある意味では殺人と言えるのではないだろうか。

例えば、ちょっとした悪戯のつもりで、篤史の自転車や自転車置き場そのものに罠《わな》を仕掛ける。篤史はそれに引っかかって転倒するが、予想以上のダメージを負い、脳溢血を起こして死んでしまう。このような可能性も、考えられないことはないだろう。

だがその場合――今になって証拠を見つけるのは限りなく困難だった。何せ事件発生から半年もの月日が経過しているのだ。

何よりその仮説に、エリス自身の勘が「NO」と告げていた。死んだ人間を大っぴらに悪く言う者もいないだろうが、篤史が皆から好かれていたのは間違いない。怪我をさせてやりたいと思うほど、恨みを持っていた人物がいるとは思えないのだ。

エリスは再び自転車置き場の辺りを見回した。ブロック塀の向こうに見える二階建ての建物は、飛島が住んでいるアパートだろうか。築四十年以上は経っていそうで、外壁もかなり年季が入っている。いくら職場に近くても、このような「ボロアパート」に住みたい社員は他にいないのだろう。

自転車置き場は屋根がなく、冬晴れの今日も日差しが強く差し込んでいた。確かにここで倒れてしまっては、正確な死亡推定時刻が算出できなかったことも頷ける。

篤史が亡くなったのは日曜の業務終了後、つまり夕方頃だ。安藤や垣内など、当日の日中にアリバイがある者はいたが、夕方の時間帯に確固たるアリバイがある者はいない。正門の監視カメラを無視して周りの塀を越えれば、敷地内への侵入も容易だ。もちろん、作業室のカメラの問題はあるが……

エリスは事務室に戻ると、事件当日のカメラの映像が残っていないか探し始めた。

通常であれば半年前の映像データなど残っていないが、労災事件であれば可能性はあった。労働基準監督署の調査の際に提出した資料があるはずである。

果たしてエリスの予想通り、当日の映像はキャビネットの隅に保管されていた。「浪川篤史」とラベルが貼ってある書類ケースの中に、タイムカードや防犯カメラの映像入りのＵＳＢメモリ類が一式、丸ごと残っている。

はやる気持ちを抑えつつ、エリスはパソコンで映像を再生した。

最初の場面は、朝八時四十五分に自転車で正門を通過する篤史の姿だった。篤史はＴシャツに短パン、足元はサンダルと、休日出勤にしてもラフな恰好である。作業室内では常に作業着姿なので、通勤時の私服にはさほど拘りがなかったのかもしれない。

続けて、映像はロッカールームから作業室へ繋がる扉のカメラに切り替わった。作業着に着替えた篤史がタイムカードを切った時刻は八時五十五分、始業五分前だ。

そこから先は作業室内のカメラの映像になり、一人で黙々と加工作業を進める篤史の背中が映っていた。とはいえ、資材置き場やプレス機などは画角内にないため、篤史は時折、画面の外に消える。

エリスは早送りしながら映像を進めていった。

篤史は三十分近く画面から消えたかと思うと、鋼材を台車で運んできた。戻ってきた後はパイプ椅子で長めの休憩を取ったりと、案外のんびりしている。そのうちに時刻は十二時を回り、篤史は軽やかな足取りでロッカールームに戻っていった。弁当でも食べてきたのか、篤史は十三時きっかりに作業室に戻ってきた。その後も細かな作業は続き、十三時半から一時間近く画面外に消えたかと思うと、十四時半に何事もなかったかのように戻ってきた。そこから先は集中して作業が進んだのか、休むことなく機械の前に座り続け、定時ぴったりの十七時にロッカールームに戻ってタイムカードを切っている。

恐らく篤史はこの後、着替えて自転車置き場に向かい——そこで転倒して脳溢血を起こしたのだ。解剖では推定不能だった死亡推定時刻は、十七時過ぎである。

資料にも映像にも特に矛盾はない。だが、エリスの中で何かが引っかかっていた。

作業員たちの不自然な態度。荒らされた書類金庫に、盗まれたパソコン。作業員たちがメープルに語った本音。

まだだ。恐らくまだ、全ての可能性を検討し切れていない。

失われた最後のピースの正体が摑めないまま、エリスはじっと考え続けていた。

調査開始から間もなく一ヶ月が経とうとしていた。エリスは経過報告がてら、志津をLRE社に呼び出していた。平日の夜にも拘《かか》わらず、志津は事務所に足を運ぶことを快諾し、翌日すぐに伺うと言ってきた。

あまり良い報告がないことにため息をつきつつ、エリスは久しぶりにLRE社のドアを開いた。既に志津は到着しており、来客用ソファーでメープルと一緒に折り紙に興じている。

メープルはすっかり折り紙にハマったのか、手元には色鮮やかな作品らしきものが並んでいた。メープルは真剣な表情でカラフルな部品のようなものを完成させると、こちらに気付いて顔を上げた。

「お帰りなさい、ボス。何やらお疲れですね」

「まぁね。悪いけど、新しいお茶を淹《い》れてくれる？」

メープルが新しい紅茶を用意している間、エリスはこの一ヶ月の間に起こったことをかいつまんで志津に報告した。

従業員四人と社長の望月の印象や、エリスも確かに感じた「組織ぐるみで何か隠している気配」に言及すると、志津は静かに頷いた。

「ええ、篤史から聞いております。社長はともかく、同僚の皆さんは良い人たちだったと」

メープルは新しいティーカップを並べると、折り紙の続きを再開した。先日初めて折り紙に触れたはずなのに、どこで調べてきたのか、もう意味のわからない超絶技巧の作品に挑戦している。複数のパーツを組み合わせて作る、手毬《てまり》のような物体だった。集中して手を動かしているメープルを見ながら、志津はふと目を細めた。

「篤史も手先が器用なので、よく折り紙で遊んでました。あの子がものづくりが好きなのは、ここにルーツがあったのかもしれませんね」

志津も折り紙を一枚取ると、何かを折り始めた。

「そうかもね。篤史さん、事務員さんにもよく新聞紙で小物入れを作ってあげてたみたいよ」

ふふふ、と上品に微笑むと、志津は手早く折ったヨットのようなものをメープルの前に差し出した。

「メープルちゃん。このお船の、帆の部分をつまんで持っていて」

メープルが言う通りに持つと、志津は「目を瞑《つむ》って」と囁いた。そのやり取りで、志津が何をやろうとしているのかは予想がついた。

一、二、三のカウントとともに、志津が一つ手を叩く。

「さぁ、目を開けて。どう？　持ってたはずの帆が、船体になっているでしょう？」

志津の手元のちょっとした操作で、メープルが持っていた帆はいつの間にか船体に変わってしまっていた。いわゆる「騙し船」というヤツだ。

メープルが目を丸くした。

「……本当ですね。どうしてでしょうか」

メープルは船を明かりに透かしながら、まじまじと裏表にひっくり返している。子ども騙しの手品に子どものように騙されている姿は、初めて見る秘書の一面だった。

帆だった部分が船体になり、船体だった部分が帆になる。

——まさか。

瞬間、エリスの頭に稲妻のような閃《ひらめ》きが走った。

なるほど、それなら——ただの労災事件がここまでこじれてしまったことにも、論理的な説明がつく。

エリスは自嘲気味に笑いだした。

「……アタシも思い込みが過ぎたものね。こんな単純な話に引っかかるなんて」

顔を上げ、真っ直ぐに志津を見据える。

「篤史さんの死の真相、わかったわよ」

「本当ですか、一体どういう……」

エリスはぴっと人差し指を立てると、唇に当てた。

「その前に質問だけど……『篤史さんの死の原因を作った人』に、会いたい？」

突然のエリスの問いに、志津は顔を強張らせた。志津はしばらく迷ったように俯いていたが、やがて静かに顔を上げた。

「……ええ。ぜひお会いしたいです。そして全て、説明してもらいます」

志津は依頼をしてきた目と少しも変わらない、意志の強い瞳でエリスを見据えた。

エリスは満足げに頷くと、ぱちん、と指を鳴らした。

「ショーマストゴーオン。役者が揃ったところで、カーテンコールよ」

6

翌日の終業後、エリスは自転車置き場に目当ての男を呼び出していた。

冬の日は既にすっかり落ち、自転車置き場を備え付けの外灯が微かに照らしている。

男が小さく手を上げながら近づいてきた。要件はわかっているのか、着替えもせずに作業着のままだ。

正面に立った男の影を見ながら、エリスは尊敬にも似た感情を覚えていた。顔ははっきりと見えているのに、未だに心のうちが読めない。男は半年間ずっと、そうした内心の激情を悟られないように過ごしてきたのだ。

「早速だけど。書類用の金庫を荒らし、旧パソコンを盗んだ犯人は——あなたよね、飛島さん」

飛島は「あぁ、そうだな」と短く答えると、無表情のままこちらを見据えた。

取り乱すタイプではないと思っていたが、それにしても随分な余裕だ。エリスが敢えて無言で間を取ると、飛島は居心地が悪そうに話し始めた。

「どうしたんだ。探偵モノのドラマってのは大抵、この後にべらべらと推理を語るもんじゃないのか」

似合わないジョークを飛ばしてまで結論を急ぐ姿に、エリスは相手の意図を何となく察した。

飛島は見抜いてほしいのだ。自分がやってきたこと、全てを。

シナリオ通りに動くのも癪《しゃく》だが、この後の計画もある。エリスは一つ咳払いをした。

「書類用の金庫を荒らしてパソコンを盗むには、監視カメラがネックになるわ。犯人は事前に作業室の地窓を開けておき、作業室の監視カメラを無効化したうえで、事務室のカメラを無効化した」

侵入手順とケーブルを抜いた手順を説明すると、飛島は冷静に反論してきた。

「なるほど。だが、それなら全従業員に犯行は可能だな。俺一人には絞れない」

「ええ、そうね。でも、犯行が火曜の深夜に行われた事実を鑑みると、怪しいのは二人だけよ」

飛島が微かに眉を上げた。

「パソコンの引き渡しスケジュールについて話していた時に事務室にいたのは、垣内さんとあなただけ。犯人は『旧パソコンが事務所にあるのが、業者が回収にくる火曜日まで』ということを、事前に知ってなきゃいけないんだもの」

エリスが余裕たっぷりに切り返すと、飛島の口元が僅かに揺らいだ。

「でも、確かにここから先は絞れないわ。そこで動機に着目した。一体何故、犯人は危険を冒してまで犯行に及んだのか。ヒントは盗難事件が起こった直後の、望月社長の反応にあった」

飛島のリクエストに応えるわけではないが、エリスはまるでドラマの探偵役のように、ゆっくりと辺りを歩き回り始めた。

「望月精機が赤字なのは、社長が会社のお金を使い込んでいるから――そんな噂があるそうね。データを過去から遡《さかのぼ》ってみないとわからないけど、恐らくこれはデマなんかじゃなく、事実なんじゃないかしら。望月社長が警察への通報を頑《かたく》なに拒んだのも、調べられたら都合の悪いことがあるからよ」

飛島に目をやると、飛島は頷いて続きを促してきた。

「古株のあなたは、以前から会社のお金の流れが不明瞭なことに気付いていた。古いパソコンの処分は、その証拠を得るための最大のチャンスだったのね」

「そこまで見抜いてるなら、そんな物騒な真似をした理由もわかってるんだろうな」

「ええ。端的に言うと――告発のため。あなたは四十年以上勤めてきた会社に、自らの手で引導を渡そうとしていたのよ」

真っ直ぐな答えに、飛島が口の端を上げたように見えた。

エリスは言葉を選びながら続けた。

「会社を潰そうと決意したきっかけが、半年前の労災事件だったのね。あれは『本来なら労災認定されなかったであろう事故を、あなたが無理やり労災案件にでっちあげたもの』だったんでしょ」

瞬間、飛島の顔に明らかな動揺が浮かんだ。この男が初めて見せた人間らしい反応に、エリスは奇妙なやるせなさを覚えた。

そう。話は折り紙の「騙し船」と一緒だったのだ。「篤史の死が労災事件である」――この動かし難い前提のほうを疑ってみれば、自《おの》ずと別の可能性も見えてくる。

それに、ヒントは新村と垣内がメープルに語った言葉にもあった。

――大人になったら皆、うまいことサボるようになるんだよ。

――本当は皆、もう少しだけ『悪いこと』もしてるんだよ。

これらのスタンスが示す答えは、一つだ。

エリスは塀の向こうに見える建物を指さした。

「あくまで予想だけど、こういうことじゃない？　休日出勤や一人シフトの時は、従業員は皆、あなたの部屋で仕事をサボるのが常態化していた」

「アンタは何でもお見通しなんだな」

飛島は苦笑すると、ポケットからタバコを取り出して火をつけた。

「工場の作業員ってのは、毎日同じ仕事ばかりで飽きちまうんだ。それで労働時間は長くて社長はパワハラ体質ときたら、肉体的にも精神的にも参っちまう。息抜きは必要だった」

うまそうに煙を吐くと、飛島は灰皿の傍に歩いていった。

「盗難事件の絡みで気付いてると思うけどな。この地窓は作業室内の監視カメラには映らねぇんだ。ここから出入りすれば、どこでサボってようがバレやしない。ちょっと塀を乗り越えれば、ボロアパートはすぐそこだ」

飛島は遠い目で自分の住み家を見つめた。

「最初に言い出したのは垣内だったな。皆は『憩いの場』って呼んでた。とはいえ、大したもてなしをしてたわけじゃない。麦茶を出してやったり、事前に冷凍庫に置かせてやったアイスを食べたり、不良のたまり場みてぇなもんだ」

自嘲するように笑うと、飛島は灰皿に灰を落とした。

「あの日、篤史が初めてウチに来たんだ。新村から話を聞いたらしくてな。麦茶を飲みながら『何だか悪いことしてるみたいですね』って、ガキみてぇに笑ってたよ」

同じ秘密を共有した者同士の絆《きずな》を懐かしむかのように、飛島は目を細めた。

「でも結局、あいつは長居はしなかった。三十分ぐらいで仕事場に戻っていったんだ。そのうち、自転車置き場から大きな音がした。何事かと思って咄嗟に塀を越えて行ったら――その時にはもう、篤史はそこに倒れて死んでたんだ」

ちょうどエリスがいる辺りの地面を指さすと、飛島はタバコの火をもみ消した。

「なるほど。そこであなたは気が付いたのね。このままでは『最悪の状況』になってしまうことに」

飛島は静かに頷いた。

「俺の少ない脳味噌でも聞いたことはあったんだ。『仕事をサボっている時に発生した事故は労災扱いにならない』、まさに今回のケースだ。『業務中の事故』でも『通勤途中の事故』でもない、『業務をサボって寄り道していた際に発生した事故』――従業員側に落ち度がある以上、どう頑張ったって労災認定は厳しい」

飛島が拳を震わせた。

「篤史はまだ若いのに、こんなパワハラだらけの職場で懸命に働いてたんだ。死んだのがたまたま、ほんの少し魔が差した、最悪のタイミングだったばかりに――『仕事をサボってた』なんて後ろ指まで指されるのは、我慢ならなかった」

真面目で働き者の後輩の名誉を守るため、飛島は必死で考えたのだろう。

エリスはそっと目を伏せた。

「あなたは咄嗟に塀を越えて現場に入ってきたから、正門の監視カメラには映っていなかった。そして同時に、思いついてしまったのね。もし篤史さんが『その日の業務を終わらせたうえで』自転車置き場に倒れていたなら、通勤途中の事故だと言い張ることができるかもしれない、と」

その僅かな可能性のために、飛島は思い切った賭けに出たのだ。

「あなたは篤史さんの作業着を脱がせて自ら着て、地窓から作業室に侵入した。監視カメラの映像だと、十四時半の辺りかしら。そして篤史さんが残していた作業を急いで終わらせ、日誌を入力する。タイムカードを切って、何食わぬ顔で退勤する」

篤史が離脱していた時間を差し引いて、途中交代してノルマを終わらせる——そんな芸当ができるのも「人より二倍仕事が早い」飛島だけだった。

そのうえ、作業室のカメラが映すのは後ろ姿だけなので、帽子を被っていれば誤魔化すのは容易い。

「あなたはロッカーにあった篤史さんの私服を持って自転車置き場に向かい、その場で着せ替えた。Tシャツに短パン、サンダルだったら、着せるのもさほど難しくない。作業着の中に着ていたインナーは、もう一度戻ってロッカーにしまえばいいしね」

「あぁ、あとは近くに篤史の自転車を倒して——朝になったらまた日が当たるように、そのまま遺体を置きっぱなしにして、死亡推定時刻が正確にわからなくなるようにした。でも……アンタは何でそれに気づいたんだ？」

「アタシの娘に話してくれた内容と現場の状況に、明らかな齟齬《そご》があったからよ」

端的に答えると、エリスはすっと人差し指を立てた。

「あなたは篤史さんが『暑そうな恰好で長時間見つけてもらえなかった』と言ったそ

うね。でも、遺体発見時の彼は私服姿――つまりTシャツと短パンの軽装よ。到底『暑そうな恰好』とは言い難い。となると、あなたが遺体を発見した時は、そうではなかったということになるでしょ」

　飛島の顔に恐れのようなものが浮かんだ。飛島は記憶を辿るように視線を彷徨わせると、やがて納得したように頷いた。

「……あの時か。そうだな、確かに嬢ちゃんにそう言った」

「きっと、最初に遺体を発見した時の作業着姿が忘れられなくて、咄嗟に『暑そうな恰好』と口走ってしまったんじゃない？　冷静に対応しようとしたものの、やっぱりショックだったのよ、あなたにとっては」

「あぁ、そうだな。……そうだったんだろうな」

　どこかぼうっとした返事をすると、飛島は大きく息を吐いた。

「あの馬鹿社長なら、事件そのものをもみ消す可能性もゼロじゃなかった。いざとなったら、第一発見者も俺がやろうと思ってたんだ。早番の新村が先に発見してくれたおかげで、結局その対応は不要だったが」

　幸運も手伝ったのか、篤史の事件は飛島の目論見通り、労災案件として処理された。だが、飛島の中で既に心は決まっていた。

　飛島の目に昏《くら》く深い、静かな怒りが滲んだ。

「アンタも社長の反応は知ってるだろう。あの馬鹿、篤史の死を『迷惑』とまで言い切って憚らなかった。人の死すら真剣に受け止められない経営者はマトモじゃない。そんな会社ならなくなってしまえばいいと——本気でそう思ったんだ」

飛島は手始めに、社長の使い込み疑惑の証拠を摑もうとした。しかし、望月は一度警察に入られたためか、労災事件後は特に神経質になってしまい、パソコンや金庫の管理が厳重になってしまった。

望月がなかなかボロを出さない中、たまたまエリスが入社してきた。そしてまんまと、パソコンを新しくさせることに成功した。飛島はその機会に乗じて、使い込みの証拠となるデータを盗もうとしたのである。

「それが窃盗事件まで起こした理由？　何でもかんでも一人で抱え込んで、ちょっと頑固すぎるわね」

エリスがぱちん、と指を鳴らすと、建物の陰から初老の女性——浪川志津が現れた。もちろんこれまでの会話は全て、聞いていたはずだ。

エリスは志津を近くに呼び寄せた。

「志津さん、この人が『お孫さんの死の原因を作った人』よ。言いたいことがあるなら、言っておきなさい」

飛島は目を見開いたが、すぐに志津に向かって深々と頭を下げた。

「アンタが篤史のおばあさまか。馬鹿な先輩がサボりに巻き込んだせいで、本当にすまなかった」

志津も目に涙を浮かべたまま、合わせて頭を下げた。

「事情はよくわかりました。篤史の名誉のために動いてくださってたんですね。こちらこそ、疑ってしまって申し訳ありません」

志津は飛島に歩み寄ると、飛島の節くれだった手を取った。

「篤史は幸せだったと思います。あなたのような仲間思いの方と一緒に働けて。本当に……ありがとうございました」

穏やかな志津の笑みに、飛島が慌ててかぶりを振った。篤史の死を悼《いた》み、ともに手を取る二人のシルエットは、どこか神に祈る姿にも似ていた。

エリスが志津を先に正門前に向かわせたところで、飛島はこちらに向き直った。

「こんな会社は潰れたほうが絶対にいい。だがそれはアンタみたいな外様《とざま》じゃなく、中にいる俺たちが始末を付けるべき問題だ」

飛島は懇願するようにエリスに頭を下げた。

「実際問題、今の俺は備品の窃盗犯だ。罰は甘んじて受けるが、もしできるなら――一ヶ月だけ待ってくれないか。一ヶ月で必ず『最後の仕事』を終わらせる」

「アンタがそう言うなら、信じるわ。急に事務員が辞めたら会社としても困るでしょうから、その間は黙って見守っててあげる」

慈しむような笑みを浮かべると、エリスは飛島に歩み寄った。

「必要なら、良い弁護士も紹介するわ。アタシが言うのも何だけど、凄腕だから」

飛島の作業服のポケットに名刺をねじ込むと、エリスはさっと踵を返した。背中越しの飛島の「……アンタ、本当に怖い姉ちゃんだな」という声を聞きながら、エリスは志津の元へと歩みを速めた。


一ヶ月後、無事に退職を果たした直後のエリスの元に、望月精機が事業整理を決めたというニュースが飛び込んできた。慌ててテレビをつけると、ちょうど夕方の番組で特集されている。

匿名の内部告発を受け、社長の望月は横領容疑で逮捕された。残された従業員たちは皆、別の工場で働き始めることが決まっているらしい。

細かい話は聞いていなかったが、エリスにはすぐに想像ができた。飛島が言っていた「最後の仕事」とはきっと、従業員の説得と再就職先の斡旋《あっせん》だったのだろう。内部告発で路頭に迷う者が出ないよう、飛島は最後まで慎重に動いていたのである。

エリスはスマホを取り出すと、ケンの連絡先画面を呼び出した。同時に、飛島の顔を思い浮かべたところで――

――やめた。

エリスはスマホをソファーに放ると、テレビのチャンネルを切り替えた。紅茶を運んできたメープルが、不思議そうな表情を浮かべている。

「ボス。飛島さんの件、通報しないんですか」

「必要ないんじゃない？　過ぎたことで彼を責めても仕方ないでしょ？」

そう。浪川篤史の事件は、パワハラ経営者が招いた明らかな『労災』だったのだ。

飛島は経営者を糾弾するための証拠を探していただけで——今更エリスがどうこうして、波風を立てる必要はない。

何より、あの頑固親父には、まだまだ元気に働いてもらったほうが世のためというものだろう。

ティーカップを並べながら、メープルが安心したように呟いた。

「法人相手に復讐だなんて、最初は無茶だと思ってましたが、丸く収まって良かったです。まぁ実際にボスが社内でやったことは、業務改善コンサルですが」

エリスはパソコンの傍に飾られた、カラフルな折り紙の作品群に目をやった。

「言ったでしょ。『相手が一番嫌なことをするのが復讐』だって」

そのままそっと目を瞑る。二ヶ月間ともに働いた望月精機の仲間の姿が、まるで昨日のことのように、色鮮やかに思い出せた。

「ブラック企業にとって一番嫌なことは『従業員が賢く強くなること』。アタシはきっかけを作っただけ。戦ったのは紛れもなく彼ら——飛島さんたち従業員自身よ」

親友

Case 3

表向きは法律探偵事務所を標榜《ひょうぼう》するLRE社に似つかわしくない、溌溂《はつらつ》とした声が執務室内に響いている。

「おっし、UNO！」

少年はソファーから立ち上がると、勢いよくテーブルにカードを叩きつけた。正面に座る少女——メープルは得意顔の少年を無表情で見やると、すっとカードを切る。

「ドロー4。手札に四枚追加です」

「あぁぁぁ！　マジかよ佐藤。ずりーぞ！」

少年は不服そうな声を上げると、それでも律儀に山札から四枚のカードを引いた。

ドロー4の効果で順番を飛ばされた少年に一切の容赦をせず、なおも攻撃は続く。

「私のターンです。スキップを出し、UNO。再び私のターン。上がりです」

リズミカルにカードを出し切ると、メープルはぺこり、とお辞儀をした。

少年が呆気《あっけ》に取られたように口を開いた。何か言いたげな顔でメープルとカードを交互に睨みつけながら、全身に悔しさを滲ませている。それでも少年はものの数秒で立ち直ると、テーブルに散らばったカードを急いで集め始めた。

「佐藤！　もっかいだ！　もっかいやらせろ！　頼む！」

既に何連敗中なのかは知らないが、少年の闘志はまだ折れていない。即ちこの真剣勝負も、まだまだ終わる気配はない。

放課後、法律探偵事務所でUNOに興じる少年少女——どう見ても異常事態である。

このカオスな状況にどう収拾をつけたものか、エリスは思わず眉間を押さえた。

1

遡ること三十分前。

日頃から悲観的なふるまいを是としないエリスだが、さすがにここ最近の閑古鳥っぷりには辟易《へきえき》していた。

とにかく依頼がない。裏メニューだけではなく、通常の調査メニューのほうもである。

自分の手を借りたい人がいない、イコール世間が平和な証《あかし》だが、いち経営者として呑気に胡坐《あぐら》をかいてもいられない。依頼がなければ、食い扶持《ぶち》も稼げないのだ。

エリスは来客用ソファーで伸びをした。

「参ったわねぇ。こう暇だと体がなまっちゃうわ。浮気調査でも人探しでも何でもいいから、何か案件ないかしら……」

盛大にぼやくエリスに向かって、メープルが一つ咳払いをした。

「ボス。実は私から、依頼人を紹介したいんですが」

秘書の唐突な申し出に、エリスはぎょっとして振り返った。メープルは入口に向かうと「実はもう呼んでるんです」と言いながらドアを開く。

扉の向こうに少年が立っていた。メープルと同じ小学校の制服姿で、半ズボンに深緑のランドセルを背負っている。髪はさっぱりと短めで、ややつり目気味の二重の目と色黒の肌がいかにも活発そうだ。

少年は入口で一礼すると、執務室に入ってきた。

「こんちわ。俺、上條隼太《かみじょうはやた》っていいます」

隼太は許可なくエリスの正面に腰かけると、物珍しそうに室内を見渡している。

「ここが佐藤のバイト先か？　何か図書館みたいだな」

予想だにしない急展開に、エリスも苦笑いを浮かべるしかない。喉まで出かかった諸々《もろもろ》を何とか抑え込み、隼太に少し待っているようジェスチャーで示すと、エリスは早々にキッチンの奥に引っ込んだ。

「メープル、ちょっと」

手招きすると、メープルは素直にキッチンに入ってきた。後ろ手にそっとドアを閉めたところで、どっと疲れが出る。

「……あのねぇ。どういうつもりよ、アレ」

至極妥当なツッコミのはずだが、自分のことながらいつものキレがない。メープルはメープルで、本気で不思議そうな顔をしている。

「ボスが先週からずっと『仕事がない』とぼやいてましたので、紹介したまでですが。

「クラスメイトの上條隼太くんです」

そういう問題ではない。

依頼はありがたい。確かにありがたいが――欲しいのはあくまで『普通の』依頼だ。ただでさえ業務形態がグレーなのに、これ以上、子ども絡みのツッコミどころを増やすわけにはいかないのである。

数センチだけドアを開け、執務室の様子を窺《うかが》う。一人残された隼太は勝手に室内をうろちょろし、部屋の隅にあった業務用テレビカメラに目を輝かせていた。

エリスは思わず額に手をやった。

「小学生から依頼だなんて、前代未聞よ。親御さんの許可は取ってあるの？」

この問いは想定済みだったのか、メープルは判で押したように答えた。

「隼太くんは父子家庭で、お父様は長期の海外出張中だそうです。今日の依頼の件はテレビ電話で相談済みで、事前に許可も得ています」

メープルはさっさと紅茶の準備を始めていた。手際が良くなったことに感心しつつも、今はそれを褒めている場合ではない。

「お金はどうするのよ。さすがに子どもから巻き上げるわけにはいかないでしょ」

「本人は五万円までなら出すと言ってましたよ。生活費の他、ある程度、自由にできるお金は渡されているそうです。それ以上かかる場合は別途考えるそうですが、ボスもそこまで鬼ではないでしょう？」

お金、というワードが聞こえたのか、キッチンのドアが勢いよく開いた。慌てて振り返ると、隼太がドヤ顔で仁王立ちしている。

「心配すんなよ、イライリョウはちゃんと払うから！　それに、プロに仕事を頼むなら対価を払うべきだって。それが敬意だって、父さんが言ってた！」

立派な教育方針だが、それとこれとは話が別だ。

とはいえ、この調子では――話を聞かないことには、本人も納得しそうにない。

執務室に戻りながら、エリスは脳内で必死に断り文句のシミュレーションを進めていた。そんな雇い主の魂胆などお見通しなのか、メープルはすかさず淹れたての紅茶とクリップ留めの書類を寄越してくる。

「依頼内容はまとめておきましたので、それを見てから判断してください。ボスが目を通している間、私たちはお茶でも飲みながら待ってますので」


隼太の依頼とは要するに「可愛がっていた野良犬が虐待されていたので、詳細を調べてほしい」というものだった。

隼太は小さい頃から犬が好きで、自分でも飼いたいと常々思い続けてきた。

しかし、隼太の母は隼太が小さい頃に亡くなっていたし、父親は貿易関係の仕事で不在がちだ。いくら平日は通いの家政婦さんが来てくれているとはいえ、自分も日中は学校に通わなければならないし、現実問題として世話をできる人間がいない。

隼太は当面の間は犬を飼うのは諦め、代わりに別の方法がないか考えていた。そこで思いついたのが、他者が飼っている犬と関わることである。

隼太はペットショップや公園併設のドッグランなど、犬がいる場所を見つけては足繁《しげ》く通うようになっていた。そこで出会った「犬友」の大人たちに積極的に話しかけ、ペットに触らせてもらうのである。最初は頭を撫でさせてもらう程度で満足していたが、飼い主と犬の幸せそうな姿を見ているうちに、隼太の「犬を飼いたい」という思いはどんどん強くなっていった。

そんな中、隼太にとって運命の出会いが訪れた。近所の公園に捨てられていた、一匹の野良犬である。

ある雨の夜、隼太は塾帰りに公園の前を通りかかった。公園内を通ると家までの近道になるが、夜は明かりも人通りも少ない。父親からも、塾の帰りは大通りを使うよう口酸っぱく言われていたが、隼太はその日、たまたま公園の中を通っていた。

早足で遊歩道を進んでいくと、茂みの裏のほうから物音がした。ホームレスでもいるのではと驚いたが、結局、恐怖よりも好奇心が勝った。隼太が恐る恐る茂みに近づいていくと、そこにいたのは――段ボールの中に捨てられていた柴《しば》犬だった。

生後すぐの子犬ではないが、首輪は着いていない。栄養状態が悪いのか、柴犬にしてはサイズも小さめだ。薄汚れた茶色の毛は容赦なく雨に濡《ぬ》れ、体も震えている。

隼太はすぐに段ボールを持ち上げ、公園の奥、東屋《あずまや》の下に移した。持っていたタオルを取り出し、丁寧に犬の体を拭いてやる。

犬は真っ黒な目で隼太を見つめると、一言「くぅん」と鳴いた。続けて、助けてくれたことへの感謝なのか、甘えるように隼太の手にすり寄ってきた。

その仕草に、隼太の我慢も理性も一瞬で吹っ飛んだ。この犬は自分が守ってやるのだ——そう心に決めた隼太は、翌日から早速、行動を開始した。

隼太は犬に「ハル」と名前を付け、毎日のように餌を持っていった。家から持ってきた毛布で段ボールの寝床を整え、安心して眠れるようにした。安価で買える犬用のおもちゃも購入し、隠したり投げたりして遊んだりもした。隼太は放課後のほとんどをハルと一緒に過ごし、楽しい毎日を送っていた。

とはいえ、この生活をずっと続けるわけにもいかない。いくら餌をやっているといっても、公園で放し飼いにしている状態には変わりはないのだ。

隼太は折に触れ、「犬友」たちにハルの件を相談し、飼い主になってくれる人を探していた。子犬でもなく血統書付きでもないハルを飼育するのはハードルが高く、なかなか名乗り出てくれる人は見当たらなかった。

隼太はハルのことをペットというより仲間のように思っていた。段ボールに取り残されていた姿が、いつも家で一人の自分と重なったからかもしれない。寂しい気持ちを和らげてくれるハルは、文字通り隼太にとって親友のような存在だった。

しかし二週間前の夜、事件は起こった。

塾からの帰り道のことだった。二十時頃、隼太はいつもの近道を通ろうと公園に向かったところ、入口で顔見知りのおばあさんに遭遇した。

おばあさんの名は櫻井《さくらい》その子《こ》といい、隼太の「犬友」の一人だった。会う度にロングコートチワワの「チップ」を触らせてくれる、心優しい女性である。

隼太と櫻井が入口で犬に関する話をしていると、公園の奥のほうで鈍い音がした。

慌てて音のしたほうを見ると、二十メートルほど先——砂場の縁に置かれた段ボールを、男が棒きれで殴っている。

男の服は薄汚れていて、まるでホームレスのようだった。近くにはその様子を撮影している者までいる。撮影者のほうはフードを被っていて顔は見えなかったが、殴っている男より頭一つ分ほど背が高い。

段ボール箱をまじまじと見ているうちに、気が付いた。

あれは——ハルの住み家じゃないか。

「お前ら、何やってんだ！」

思わず大声を上げると、ホームレス風の男がびくり、と顔を上げた。同時に、段ボールの縁からハルの頭が飛び出し、こちらを向いた。フードのほうが慌ててその場にしゃがみ込み、二人は揃って公園奥の出入口に逃げていった。

隼太はすぐに現場に駆け付けたが、後には何も残されていなかった。男が持っていた棒もハルが入っていた段ボールも、肝心のハルも——何も残っていない。

隼太は櫻井と一緒に急いで交番に走った。新米らしき警官に、今目撃した内容を懸命に思い出しながら説明したが、警官は微妙な表情である。

たかが野良犬如きに、という本音が透けて見えた気がして、隼太は思わず叫んだ。

「ハルは大事な友達なんだ！　ちゃんと公園まで来て、調べてくれよ！」

隼太の熱意に押し切られる形で、警官は渋々ながらも現場までついてきた。懐中電灯をかざして調べたことで、いくつかの事実がわかった。

地面についた棒の跡を見るに、男はハルを段ボールに入れたまま殴っていたこと。恐らくハルは段ボールごと連れ去られてしまったのだろう、ということである。

「そこまでわかったなら、早く犯人を捕まえてくれよ！」

隼太の言葉に、警官は沈痛な面持ちを浮かべた。隼太に目線を合わせるようにしゃがみ込むと、諭すように続けた。

「君たち二人が目撃している以上、見間違いと言うつもりはないよ。でも、そのハルって犬がここで殴られてたことを示す証拠がないんだ。血の跡すら残ってない」

警官は申し訳なさそうに目を伏せた。

「それに、きちんと調べるには被害届が必要なんだ。でも、今言った通り、被害があったことを証明できない。申し訳ないけど、これでは警察も動けないんだよ」

杓子定規《しゃくしじょうぎ》な対応に、隼太は絶句した。警官は公園付近の巡回を強化することを約束してくれたが、隼太にとっては全く意味をなさない提案だった。

殴られていたはずの親友が今どこにいるのか——自分が知りたいのはそれだけだ。見回り強化なんて、後追いの対応をしてほしいわけじゃない。

とはいえ、警察にも断られてしまった以上、これからどうすればいいのか見当もつかなかった。ネットで調べてみても、有効な解決方法は出てこない。まして出張中の父親や学校の先生に相談したところで、問題は解決しないだろう。

眠れない夜が続き、隼太は学校でもぼうっとしていることが多くなった。そんな姿を見かねたのか、放課後、突然話しかけてきたのが、クラスメイトの佐藤楓である。

「隼太くん。ひょっとして何か悩みがあるんじゃないですか」

同い年のくせに大人のような喋り方をする佐藤は、クラスでも浮いた存在だった。普段それほど話したことのないクラスメイトからの突然の追及に、隼太は思わず口ごもった。

「……佐藤には関係ねぇよ。警察でも解決できない、大変な事件なんだぞ」

つい八つ当たりのような口調になったが、佐藤は特に気にする風でもなく応じた。

「そうですか、残念です。調査会社の人間に個人的な伝手《つて》があったんですが」

調査会社だって。

初めて示された具体的な選択肢に、隼太は微かな希望を感じた。警察に頼れないなら別のプロに依頼するのが、結局は一番の早道なのかもしれない。

教室を出ていこうとする佐藤をとっ捕まえると、隼太は鼻息も荒く問いかけた。

「なぁなぁ！　その人に相談するのって、いくらぐらいかかるんだ？」

メープルが用意していた書類はかなりの情報量だった。おかげでお茶どころか、依頼人はUNO大会まで始めてしまったわけだが――

書類を置いたタイミングでゲームが終わったのか、隼太がデスクに寄ってきた。

「どうだ。依頼、受けてくれるか？」

エリスが答えないでいると、隼太は悔しそうに唇を噛む。

「あの日、俺が大声で呼びかけた時――段ボールの中のハルと目が合ったんだ。絶対、見間違いなんかじゃない」

隼太は拳を震わせて俯いた。

「佐藤から聞いたんだ。『ボスは凄腕で、常に一歩先を読む人だ。どんな困りごとも、必ず解決してくれる』って」

隼太は勢いよく頭を下げた。

「ハルが無事なのか、今どこにいるのか、調べてください。お願いします！」

ここまで本気の隼太の願いを、できることならエリスも断りたくはない。

だが、現時点での懸念点二つは、事前に潰しておかなければならなかった。

エリスはメープルを呼び寄せると、耳元に顔を寄せた。

「……隼太くんに裏メニューの話はしてないわよね？」

「当然です。あれは子どもには刺激が強すぎますので」

同じく子どものセリフとは思えないが、とりあえず第一の懸念点はクリアだ。

それともう一つ、こちらの懸念のほうがよほど重要だった。つまり、動物虐待一般についての話である。

要するに「時既に遅しで、もう最悪の事態が発生している」可能性があるのだ。その辺りをどうぼやかして説明したものか、エリスが悩んでいたところで——隼太は察したように頷いた。

「大丈夫、どんな結果になっても受け入れる。覚悟はできてる」

真っ直ぐにこちらを見据える瞳には、静かだが強い意志が宿っていた。メープルとはまた方向性が違うが、この子はこの子で大人顔負けの胆力だ。

そこまで言うなら、調査会社の通常メニュー、ペット探しとして受けるまでである。但し料金は超格安、破格の小学生仕様だが。

エリスはぱちん、と指を鳴らした。

「わかったわ。稼働一日につき二万五千円を貰い受けるけど、上限は五万円ポッキリ。万が一調査が長引いたとしても、それ以降は一切取らない。ついでにハルの行方《ゆくえ》がわからなかった場合は、お代は頂かない。それでどう？」

隼太は目を輝かせると、エリスに向かって親指を立てた。

「交渉成立だな。よろしく頼むぜ、エリス！」

エリスは早速、二人を連れて事件現場である公園に向かった。

公園内には入口からくねくねと曲がる遊歩道に沿って季節の樹木が植えられ、奥のほうにぽっかりと開けたスペースが広がっている。

遊び場は奥側にまとめられているようで、スペースの右手に雲梯《うんてい》、中央に滑り台とプールのように囲われた砂場があった。滑り台の手前にはタイヤを半分地面に埋めて並べた遊具があり、それが左手、東屋の付近まで続いている。

夕暮れ時が近いからか、平日なのに他に遊んでいる子どもはいなかった。隼太は滑り台の前辺りにメープルを立たせると、振り返った。

「佐藤が今いる場所は、入口からも見えるんだ。ついてきて」

隼太はエリスの手を引くと、再び入口付近に向かった。遊具がある方角に目を凝らすと、途中に茂みがあるため足元までは見えないが、確かに滑り台までを一直線に見通せる。手を振るメープルが見えたので、エリスは頭の上で丸サインを作った。

と、思った次の瞬間、隼太は「佐藤ー、ちゃんと見えてるかー？」と叫びながら、再び猛ダッシュで滑り台まで戻っていってしまった。隼太の動きはとにかく機敏で、こちらが息つく暇もない。

エリスは必死に息を整えながら、早歩きで後ろに付いていった。

まずい。小学生男子の体力を完全に舐《な》めていた。それこそ犬のように、ちょこまかとよく走る。

ドラマでよく見る「小学生が急に車の前に飛び出して交通事故に遭う」描写も、強《あなが》ち誇張ではない――そんなことを考えながら、エリスは再び滑り台の前に戻ってきた。

隼太は今度はエリスを入口のほうに向かせると、砂場の縁にしゃがませた。

「ハルがそこにいたとして、ここでオッサンが棒を振り上げてたんだ。で、撮影してたヤツはそっち」

隼太はメープルを撮影者の位置に立たせた。エリスはハルの位置を再現するべく、入口のほうに身体を向ける。エリスから見て二時の方向に撮影者と東屋、十時の方向に襲撃者と雲梯が見える形だ。

「で、二人はあっちに逃げて行った。俺も、いつもあそこから出て近道してるんだ」

隼太が指さした先、エリスから見て左斜め後方にもう一つ、公園への入口があった。正面口よりは小さい、いわゆる裏口で、普段はあまり使われていないらしい。

事件発生時の大体の状況がわかったところで、エリスは隼太に問いかけた。

「一緒に現場を目撃した人にも話を聞きたいんだけど、連絡先はわかるかしら？」

隼太は頷くと、ポケットからスマホを取り出して電話をかけ始めた。コラボ品か何かなのか、戦隊ヒーローの変身アイテムのような派手なケースだ。赤色にギザギザと謎の突起物がついたケースを躊躇なく持ち歩けるのは、やはり小学生男子である。

「あ、もしもし、櫻井のばあちゃん？　そうそう、ハルの件なんだけど……」

そこらのビジネスマン並みに行動が早い隼太に、思わずメープルと顔を見合わせる。

隼太は歩き回りながら喋っていたが、やがて話がついたのか、走って戻ってきた。

「明日、いつものドッグランに行くから、その時なら話せるって。俺が毎週遊んでる『犬友』のメンバーも多分来るから、その時に紹介するよ」

2

翌日の土曜日、エリスとメープルと隼太の三人は、隼太が行きつけだというドッグランに向かっていた。

十月の秋空は高く青く、吹き抜ける風も涼やかで心地好《よ》い。事件の調査がなければ今すぐ遠出をしてしまいたい、絶好の行楽日和だった。

後ろを歩く隼太に目をやりながら、エリスは昨日の公園での捜査を思い出していた。あの数時間で嫌というほど実感したが、小学生男子と一緒に捜査に出るのに、GPSは必須だ。放っておいたら、どこに走っていってしまうかわかったものではない。

エリスは隼太に話しかけた。

「隼太くん。ハルが写ってる写真は持ってる？」

「あれ、まだ見せてなかったっけ。これだよ」

隼太は例のド派手スマホを寄越してきた。自撮りだろうか、公園の東屋を背景に、薄茶色の柴犬にめいっぱい近づいて変顔をする隼太が写っている。ハルは右目の上の毛だけ色が濃く、ぱっと見では片方だけ眉毛が生えているように見えた。

「ハル、賢そうな顔してるだろ。実際、賢いんだぜ！　俺に似てんのかな！」

片眉効果か、確かに野良犬にしては賢そうな気が……しないでもない。

エリスは写真を自身のスマホに転送しつつ、隼太のスマホにこっそりＧＰＳアプリを入れておいた。これで、勝手な動きをしたとしても見失う心配はない。

到着したのは国営公園に併設のドッグランだった。緑でいっぱいの開放的な空間で、小型犬から大型犬まで多種多様な犬たちが走り回っている。

このドッグランは犬連れでなくても入れるようで、入口で簡単な注意事項を確認された後は、すんなり中に入れてもらえた。とはいえ、犬連れでない者はやはり少数派なのか、周りからは奇異な視線を向けられている気がする。

隼太は手前の柵のほうにいた老婦人に駆け寄っていった。総白髪のショートヘアに緩やかなパーマをかけた、上品そうな婦人である。婦人はエリスたちに気付くと、遊具の坂を上り下りしていたチワワを抱き上げた。

隼太が婦人を手で示した。

「この人が櫻井さん。一緒にハルの事件を目撃した人。こっちはロングコートチワワの『チップ』」

櫻井は会釈すると、すぐに隼太に向かって咎《とが》めるような視線を向けた。

「隼太くん、ハルの件を調べるって本気だったの？　子どもが危険なことに首を突っ込むものじゃありませんよ」

隼太は聞こえないふりをしながら、櫻井の腕からチップを受け取る。そのまま首元に顔を埋め「あー、やっぱチップいい匂いする！　ハルには負けるけど！」と、恍惚《こうこつ》とした表情を浮かべていた。

もしやこれが「猫吸い」ならぬ「犬吸い」というヤツだろうか。今更ながら、隼太の犬愛も相当なものである。

一方、メープルはチップの頭を撫でようとしているが、手つきがどうもぎこちない。こちらはこちらで、動物との関わりに慣れてなさすぎる。

子ども二人の真逆の愛で方《め》に苦笑しつつ、エリスは櫻井に名刺を手渡した。

「調査会社を経営しております、片桐エリスと申します。ご安心ください。実際に動くのは私ですので、隼太くんに万に一つも危険はありません」

「まぁ。プロの方が調べてくださるなら安心です。とはいえ、隼太くんは好奇心旺盛ですから、危ない目に遭わないよう気を付けてあげてくださいね」

櫻井は孫を見る時のような目で隼太を見つめていたが、やがて顔色を曇らせた。

「ハルの件は本当に気の毒でした。もちろん私も無事を祈ってはいますが、どうしても最悪の事態を想像してしまって」

やはり大人ならそう考えるのが普通だろう。エリスは声のトーンを落とした。

「あなたも現場を目撃されたそうですが、どんな様子でしたか」

「実は、撮影していた人というのはよく見えなかったんです。ただ、殴っていた人は確かにホームレスのような見た目の男性でした」

ふと隼太のほうを見ると、次から次へと知り合いに声をかけ、片っ端から犬の頭を撫でに行っている。気さくな隼太は、このドッグランでもマスコットキャラ的な存在なのかもしれない。

大人たちの心配などどこ吹く風で、隼太は端にいた強面の男性に話しかけに向かった。「エリス、こっちこっち！」とナチュラルに発動する呼び捨てに、もはや説教する気も失せてくる。

小走りで近づいていくと、隼太が話しているのは身長一八五センチはあろうかという大柄な男だった。年齢は三十代ぐらいだが、一重瞼《ひとえまぶた》の和風顔と引き締まった口元も相まって、第一印象はかなり怖そうである。

男は犬を連れていないエリスを見て、微かに眉を上げた。エリスが事情をかいつまんで説明すると、得心したように頷いた。

「あぁ。そういうことでしたか。僕は隼太くんの犬友で、星野《ほしの》和久《かずひさ》っていいます。サニーモールの警備員です」

ペットショップやホームセンター併設の大型ショッピングモールの名前を挙げると、

星野は小さく目礼してきた。

屈強なガタイの星野の足元にいたのは、オレンジ色のポメラニアンだった。微妙にキャラに合っていない気もするが、エリスは笑顔で話しかける。

「可愛いワンちゃんですね。お名前は……」

言い終わらないうちに、星野の目がぎらり、と光った。

「『ムギ』っていいます。知り合いのブリーダーから譲り受けたんですが、もう一目《ひとめ》惚《ぼ》れでした。生まれた頃は本当に病弱で、大変だったんですよ」

どうやら、喋らせると厄介なタイプの犬好きだったらしい。星野は物凄い肺活量で一気に捲し立てたかと思うと、足元にいた『ムギ』を抱え上げた。

「今はこうして元気ですけど、懸命に看病してここまで育ててきたから、もう娘みたいなものですね。僕が毎日働いてるのも、ほとんどムギのためで……」

迂闊《うかつ》に話題を振ったことを後悔しつつ、エリスは愛想笑いを浮かべていた。なおも止まらない星野の話題の切れ目を窺っていたところで、隼太が向こうから金髪の女性を連れてきた。

女性は自身の赤茶色のミニチュアダックスフンドを抱え上げると、そのまま星野に肩でタックルをかました。

「星野さん、相手ドン引きしてるから。厄介オタ全開でウケるわー!」

口調は軽いが、ツッコミは真っ当である。ひと昔前のギャルのような濃いめのつけまつげの女性は、隼太とハイタッチをすると、まじまじとエリスを見つめてきた。

「え、てかお姉さん、めっちゃ綺麗《きれい》っすねー。モデルさん？」

「いえ、調査会社を経営してます、片桐エリスと申します」

名刺を取り出し、今日何度目になるかわからない事情説明が終わると、女性は目を見開いた。

「すごっ、要するに探偵さんってこと？　隼太くん、凄い人に頼んでんじゃん！」

隼太の頭をわしゃわしゃと撫でると、女性は敬礼のようなポーズで続ける。

「あたしは三谷《みたに》まりなでーす。隼太くんの犬友でー、こっちは『マロン』！」

抱えていたマロンにお辞儀のようなポーズを取らせると、三谷は歯を見せて笑った。

数人が集まって談笑しているところに、「何だか楽しそうねぇ」とおっとりした声が聞こえてきた。入口近くにいた櫻井が合流したことで皆が揃ったのか、隼太は集まった大人たちを自慢げに手で示す。

「この人たちが、俺が特に仲良くしてる『犬友』のみんな！」

星野がきょろきょろと辺りを見回した。

「本当はあと一人、戸川藍《とがわあい》さんって女性がいるんだけど……今日はまだ見てないな」

櫻井が笑顔で補足する。

「戸川さん、今時のキャリアウーマンって感じで、カッコいい方なんですよ」

「そーそー、バリキャリって感じで！　でも戸川さん家のラブちゃんは、どっちかって言うと可愛い系なんすよねー。インスタでも大人気でー」

三谷が教えてくれたアカウントを見てみると、確かに、可愛らしい赤毛のトイプードルの写真と動画が並んでいた。まるでタレント犬のように愛らしい顔つきに、思わずエリスも口元が緩む。

「わぁ、可愛らしいですね。ぜひ、戸川さんとラブちゃんにも会ってみたいわ」

「あら。それなら、ちょっとお電話してみましょうか」

櫻井はガラケーを取り出すと、少し離れたところで電話をかけ始めた。しばらく待っても出なかったのか、首を傾げながら戻ってくる。

「おかしいわねぇ、出ないわ。いつもこの時間には来てるのに」

皆が顔を見合わせているところに、三谷がぽん、と手を叩いた。

「あたし、戸川さんのお家《うち》知ってるんで。帰りにピンポン鳴らしてみますよー」

住所や連絡先まで知ってるなんて、随分仲の良い集まりね——

エリスの微妙な表情の変化に気付いたのか、櫻井が穏やかな笑みを浮かべた。

「うちは娘婿《むすめむこ》が動物病院をやってるので、皆さんとは元々、顔見知りなんです。この子たちの体重もお誕生日も、全部知ってますよ」

星野が思い出したように頭を下げた。

「そうそう、櫻井アニマルクリニックには皆、お世話になってますからね。先日も予防接種、ありがとうございました」

続けて三谷が割り込んでくる。

「ちなみにー、皆さん、うちのお客さんでもあるんすよ。あたし、ペットホリックって店で働いてるんで！　サニーモールの中にあるペットショップなんですけど、エリスさん知ってますー？」

エリスはにっこりと頷いた。確かサニーモールの二階、通路に向けられたガラスのケージが目を引く、大型チェーン店である。

なおも楽しそうに犬トークを繰り広げる面々を見ながら、エリスは妙に感心していた。『犬好き』という共通点だけで、この仲の良いコミュニティは形成されているのである。年齢も性別も職業もバラバラな人間を結びつける『犬』という存在が持つ不思議な求心力は、エリスも初めて目の当たりにする種類のものだった。

とはいえ、こちらも仕事だ。和気あいあいとした雰囲気に水を差すのは悪いが、聞きたいことは聞いておかねばならない。

隼太とメープルにドッグラン内での聞き込みを頼んで距離を取らせると、エリスは改めて皆のほうに向き直った。

「櫻井さんは既にご存知かと思いますが、二週間前、何者かが公園でハルに――隼太くんが可愛がっていた野良犬に暴力を振るい、そのまま逃走しました。犯人はホームレス風の男性とのことですが、未だに捕まっていません。何か心当たりや噂など、見聞きしたことはありませんか」

エリスの問いに、皆の表情が一斉に強張った。星野と三谷に至っては、怒りも露《あら》わに、犯人に向かって文句を言っている。

「最低な人間もいるもんですね。もしムギが同じ目に遭ってたら、僕、きっと犯人をボコボコにしてると思います」

「それにー、隼太くんも言ってたけど、動画まで撮ってたんでしょ？　マジ信じらんないっすよねー、承認欲求強すぎかよ」

犬好きとしては、野良とはいえ犬が虐待された話は不快極まりないのだろう。続けてハルの写真も見せてみたが、三人とも気の毒そうな顔で首を振るばかりだ。ちらちらと隼太に視線をやる気遣いを見ても、特に怪しい反応の人物はいない。

エリスは皆に礼を言うと、話を切り上げて隼太とメープルに合流した。二人は時に無邪気に、時に図々しくインタビューを敢行していたが、話しかけられた相手は完全に困惑している。やはり、新聞記事にもなっていない小さな事件では、不特定多数へ聞き込みをしても得られる情報に限界があるだろう。

結局その日の収穫は、隼太の犬友とエリスとの接点ができたことだけだった。帰りがけ、エリスの後ろを並んで歩きながら、隼太がメープルとひそひそ話をしている。

「昨日と合わせて、もう二日分の稼働が終わりかよ。早ぇなぁ」

「大丈夫ですよ、隼太くん。ボスはあぁ見えて人情派ですから、最初の約束通り、五万円以上は絶対に取りません」

微妙に褒められていない秘書からの評価に肩を竦めつつ、エリスは隼太を無事に家まで送り届けた。次回の報告は来週の土曜――この一週間で更に情報を集め、調査を進めなければならない。

尤もここから先は、タダ働きだが。

休日出勤になるので、メープルも同じタイミングで帰らせることにした。隼太の家の近くの駅までメープルを送り届けたところで、二日目の調査は幕を下ろした。

事務所に戻って紅茶を飲みながら、エリスは一週間分の調査計画を立てていた。

まずは今日会った犬友の櫻井、星野、三谷たちの身辺調査に加え、不在だった戸川という女性の情報が必要だろう。

特に星野は――短絡的だが、動画撮影者の特徴である「ホームレス風の男性より頭一つ分ほど背が高い」という条件にも当て嵌《は》まりそうだ。

併せて「ホームレス風の男性」にも、ある程度の目星を付けておかなければならない。近くでたまり場になっているような場所をリストアップして……。

やるべきことを指折り数えているうちに、ふと、エリスの頭に新たな疑問が浮かんできた。同時に今日の三谷の、吐き捨てるような言葉が思い出される。

『動画まで撮ってたんでしょ？』

確かに、冷静に考えると、犯人がわざわざ動画を撮っていた理由がわからなかった。

先ほどからネット上でも検索しているが、合法・違法を問わず、何らかの動画サイトにハルを虐待する映像が投稿された履歴はない。

しかも今回の事件は「殴っている者の他に撮影者がいた」――つまり二人体制だ。もし犯人が「後から見返して犯行時の興奮を思い出すため」などという自己満足で動画を撮ろうとしたなら、適当にそこらに三脚でも立てておけばいい。わざわざもう一人を巻き込む理由がないのだ。

加えて、ハルをわざわざ箱ごと連れ去る理由もわからなかった。よくある「愉快犯による動物虐待事件」とは、今回の事件はどうもやり口がずれている。

ただの動物虐待事件とは思えないのに、それを示す証拠は何一つ残っていない――エリスは考え込んでいたが、やがてため息交じりにスマホを手に取った。

翌日の午前中、日曜にも拘わらずスーツに身を包んだ男がLRE社にやってきた。この手の事件で一番頼りになるエリスの親友もとい悪友、兼苦労人、警視庁は捜査一課――富沢拳《けん》警部補である。

昨夜、エリスが一課のケンに連絡したのには理由があった。一般論として、動物虐待の標的は小さな動物から始まり、大型動物へとエスカレートしていくケースが多い。その仮説を元に、近隣で類似の事件が発生していないか、ケンに調査の相談を持ちかけたところ――即座に今日の訪問を打診されたのである。

事務所のドアをノックする音がしたと思ったら、返事をする前にケンがなだれ込んできた。あまり寝ていないのか、目の下のクマが酷い。普段から悪い目つきは更に凶悪化し、どちらかというと「捕まる側」に近い風貌になってしまっている。

エリスがソファーを勧めると、ケンは倒れこむように背もたれに体を預けた。ネクタイを緩めながら小さく欠伸《あくび》をすると、じっとりした目でエリスを睨みつけてきた。

「……土曜の夜に面倒な相談を寄越してくるな。人の休日を何だと思ってる」

そこで律儀に対応してくれるのがケンの優しさなのだが、今日ばかりは茶化すようなことは言うまい。

エリスは適当なティーバッグでお茶を用意すると、お礼がてら、頂き物のフィナンシェをカップに添えた。

ほんの一瞬、ケンの表情が緩んだが、すぐに元の仏頂面に戻ってしまった。多分、この微妙な変化がわかるのは長年の付き合いの者だけ――自分ぐらいのものだろう。

ケンがおもむろに口を開いた。

「昨日、すぐに付近の全所轄に確認を要請したが、ここ一ヶ月ほどの間、動物虐待の通報は入ってないそうだ」

掠《かす》れた声で端的に報告すると、ケンは紅茶を飲むなり顔を顰めた。

ケンの異常な調査スピードには驚いたが、仮説のほうは残念ながら空振りだ。何だか当てが外れた気分だが、すかさずケンが「但し」と付け加えた。

「一ヶ月前に一件、ペットの誘拐事件があった。中小企業の社長が飼っていたフレンチブルドッグが何者かに連れ去られたそうだ。スーパーの店先に繋いで、ほんの数分ほど目を離した隙の出来事だったらしい」

エリスは早速、フレンチブルドッグの習性を検索してみた。見た目よりも大人しい性質で、鳴き声もさほど大きくないらしい。誘拐するにはうってつけだが——そもそも人間ではなく敢えてペットを誘拐するとは、妙な犯人もいるものだ。

エリスはティーカップを持ったまま首を傾げた。

「誘拐ってことは、身代金の要求があったってこと？」

「あぁ。翌日、ポストに『ペットのフレンチブルドッグを誘拐したので、身代金を払え』という内容の手紙が入っていたらしい。ご丁寧に『警察には知らせるな』と書いてあったそうだが、被害者は悪質な悪戯だと思って通報したそうだ」

ケンはフィナンシェを頬張ると、ハムスターのように頬を上下させながら続けた。

「結局、指定してきた身代金の受け渡し場所に犯人は現れなかった。フレンチブルドッグは軽い怪我を負った状態で、五キロ先の公園で発見されたらしい。罪もないワン……犬に危害を加えるなんて、全くもって許し難い」

今、確実に「ワンちゃん」と言いかけていたが、そこは敢えて突っ込むまい。

エリスは簡潔に事件の内容をメモしていった。

「ちなみに、身代金っていくらだったの？」

「五十万円だ。警察が当てにならないようなら、被害者は払う気だったそうだ」

絶妙なラインの設定だった。掻《か》き集めればすぐに用意できる額だし、大切なペットの命と天秤《てんびん》にかけるには安すぎるぐらいである。

「まぁ結局、警察に通報したからにはそうもいかず、身代金は支払われなかった。いずれにしても、動物絡みで警察が認知してる事件はそれぐらいだ」

話し終わって一気に疲れがきたのか、ケンが再び大欠伸をした。

3

ケンが帰った後、エリスは次の作戦を考えていた。

仮説が外れた以上、いったんは手詰まりだ。こうなったら、すぐに着手できる調査――「ホームレス風の中年男性がハルを殴っていた」という証言を元に、実行犯を見つけ出すしかない。

ホームレスがハルを殴るメリットはないが、何者かに金で雇われた可能性はある。実行犯さえ特定できれば、芋づる式に動画撮影者の正体もわかるかもしれない。

エリスは早速、ホームレスが多く集まっていると噂の高架下に向かった。青いビニールシートに覆われた家らしきものが並ぶ景色はある意味、壮観ではある。

ホームレスたちは互いに一メートルほど間隔を空けながら、思い思いに活動していた。ある者は集めてきた雑誌を並べ、またある者は路上で昼寝をしている。

意外と気ままで悲壮感のない暮らしに感心しつつ、エリスはハルの写真を片手に端から声をかけていった。一人一人に聞き込みして回るのは効率的とはいえないが、他に方法も思いつかない。

大抵の相手は写真も見ずにエリスを追い払うか、興味なさそうに首を振るばかりだった。十人ほどに声をかけたところで、奥に座っていた男が大声で呼びかけてくる。

「おーい、姉ちゃん。俺にもその写真、見せてくれよ」

エリスが近づいていくと、男の身体からは垢《あか》やらゴミやらその他何やらが混ざり合った、強烈な臭いがした。エリスは思わず顔を顰めたが、男は全く気付かないようだ。

「俺は『ムタ』ってんだ。一番の古株だから、ここらのヤツは大体知ってる」

男は真っ黄色な歯を見せて笑うと、得意げに鼻を鳴らした。

要するに、地域のホームレスの元締めのような存在なのだろう。エリスがしゃがんでハルの写真を見せると、ムタはニヤニヤと笑い出した。

「なるほど。この犬のことを教えたら、姉ちゃん、俺とデートしてくれるのか？」

挑発するような物言いに、エリスは笑顔で応じた。

「えぇ。情報が嘘偽りなく本当だったら、喜んで付き合ってあげるわよ」

ムタは下卑た笑いを浮かべると、のそのそと立ち上がった。年齢は恐らく五十代ぐらい。身長は百六十五センチ程で、体形はホームレスの割にやや小太りだ。

ムタは唇を舐めると、粘着質な目でエリスを見上げてきた。

「そいつは魅力的なお誘いだなぁ。俺も普段は口が堅いが、美人とのデートがかかってるとなると、つい色々と喋っちまいそうになる。例えば『野良犬相手に悪さしちまった武勇伝』とか……」

勿体《もったい》付けた口調だったが、それだけで十分だった。

なるほど。実行犯はこの男で──決まりだ。

エリスはすっと表情を消すと、平坦な声で尋ねた。

「なるほど。犬を虐待しておいて、アンタ自身は良心の呵責《かしやく》もないってわけね」

突然の豹変に動揺したのか、ムタは急に言い訳がましく両手を振った。

「おいおい、待てよ。俺は金を貰って頼まれただけだ。犬を虐める趣味はねぇよ」

「金を貰ったって、誰から？」

エリスがずいっと顔を寄せると、ムタは更に狼狽《うろた》えて後ずさった。

「動画を撮ってたヤツにだよ。自分がカメラを回すから、犬を殴ってくれって」

となると、やはり──虐待事件を計画した主犯はムタではなく、撮影者のほうということになる。

「撮影してたのはどんなヤツだったの？」

「フードを被ってたし、顔も眼鏡とマスクで隠してたからよくわからなかったけど、体格からして多分、女だ。犬が入ってた箱も、そいつが抱えて逃げちまった」

「女……？」

「もういいだろ。野良犬を殴ったぐらいじゃ、大した罪にならねぇよ」

一転して態度を硬化させたムタに、エリスは静かに言い放った。

「あら、知らなかった？　野良犬を傷つけた場合でも、動物愛護法違反で一年以下の懲役または百万円以下の罰金が科せられるのよ？」

ムタの顔色が真っ青になった。慌てて逃げようとするムタの肩をがっちり掴んで振り向かせると、エリスはいつもの「女神の笑み」を浮かべた。

「じゃ、約束通りデートしましょうか。但し行き先は、警察署だけど」


ムタを警察に突き出した帰り道で、エリスはサニーモールの前を通りかかった。

確か、ここは星野と三谷の勤め先だ。残りの戸川という女性の連絡先を尋ねる口実にもなるので、エリスは三谷が勤めるペットホリックに立ち寄ることにした。

休日にも拘わらず店内の客はまばらで、エプロン姿の三谷もカウンター内で暇そうに欠伸をしている。カウンター内にパソコンの存在を確認すると、エリスは片手を上げて三谷の元に近づいていった。

「あれー、エリスさんじゃん。どしたの？」

「えぇ。実は皆さんのワンちゃんを見ていたら、私も興味が出てきてしまって」

「マジで？　犬、飼ってみたくなった？」

「ええ。今すぐにというわけではないんですが、まずはどんな種類の子がいるのか知りたくて。カタログか何かがあったら、いただきたいなと」

「カタログかぁ……本人の好みとか、それぞれの子との相性とかもあるから、実際に見てもらうのが一番なんだけどね。でも確かに、最初は目星を付けてからのほうがいいかも。わかった、ちょい待ってて！」

三谷は上機嫌でバックヤードに走っていった。エリスは急いでレジカウンター内に侵入すると、パソコン内の「顧客カルテ」メニューを探した。

メニューはトップページのすぐ下にあった。「戸川」の名前を検索すると、幸運なことに該当者は一人しかいない。住所や電話番号、それに世帯収入の確認用なのか、勤務先名までもが記載されている。

エリスは個人情報のページをスマホで撮影すると、画面を元に戻しておいた。ちょうどカウンターを出たギリギリのところで、三谷が冊子を手に戻ってくる。

「お待たせー。これ、犬種の一覧と、飼育の基本パンフね。子ども向けだけど、内容はわかりやすいよ！」

三谷は冊子を紙袋にまとめて渡してくれた。

「ありがとうございます。早速、勉強してみます」

「いいえー。犬友が増えるのは、あたしも嬉しいんで！　頑張ってね！」

三谷は快活な笑みを浮かべると、エリスに向かって親指を立てた。

店を出てエスカレーターを降りていくと、柱の傍に、見覚えのある強面男が立っていた。エリスは背後から近づくと、顔を覗き込むように話しかけた。

「こんにちは、星野さん」

一瞬、虚を衝《つ》かれたような表情を浮かべると、星野はほっとしたように息を吐いた。

「片桐さんでしたか。すみません、名前を呼ばれる機会が少ないので驚いてしまって。……お買い物ですか？」

「ええ。ワンちゃんを迎える心構えを勉強しようと思って」

エリスがペットホリックの紙袋を見せると、星野は相好を崩した。

「それは良いですね。運命の子に出会えたら、ぜひ教えてください」

「ええ。その時はぜひ、皆さんにも紹介させていただきます」

エリスは星野に手を振ると、颯爽とサニーモールを後にした。


事務所に戻ると、エリスは早速、戸川の情報収集を開始した。インスタのペットアカウントから個人アカウントを辿り、更に裏アカウントの有無も確認していく。

戸川はあまり自身のＳＮＳは更新していなかったが、それでも仕事内容や日々の暮らしぶりは何となく見てとれた。勤め先の会社の業種は住宅業らしく、日曜でも誰かしらに連絡がつく可能性は高い。

エリスは早速、戸川の親族を装って会社の代表番号宛に電話をかけてみた。応じたのは事務担当の女性だったが、戸川への取次を依頼すると、女性は申し訳なさそうな声で、信じられない事実を告げてきた。

戸川は一週間前から無断欠勤を続けており、つい三日前には会社宛に退職する旨の連絡が入ったらしい。急な話で会社としても困っていると、事務担当は愚痴を零してきた。

このタイミングで退職を申し出るなんて、どう考えたって不自然だ――

エリスは電話を切ると、即座に声色を弁護士モードに切り替えた。今度の電話の相手は戸川本人――自宅に直接、かけてみるのである。

数回のコール音の後、電話は留守電に繋がった。頭の中で瞬時にストーリーをでっちあげると、エリスは丁寧な口調でメッセージを残した。

「戸川様のお電話でよろしいでしょうか。安川《やすかわ》ハウジング、顧問弁護士の衿須と申します。退職手続きに際し、直接お渡ししたい書類と確認事項がございます。明日、午後三時にご自宅に伺いますので、お手数ですがご対応をお願いします」

本人が聞いていようがいまいが、これで戸川の家を訪れる口実はできた。戸川の行動が意味するものを考えながら、エリスは更に情報収集を進めていった。

4

ハルを殴った犯人はホームレスのムタだが、肝心のハルの行方は依然として不明である。動画撮影者の正体を摑めれば、自ずとハルの居場所もわかるはずだが、今のところそちらは「女性」以外に手がかりがない。

月曜日、エリスはデスクで関係者の情報を再精査していた。この後は会社の顧問弁護士の振りをして戸川宅を訪問予定だ。関係者全員と話ができれば、次に打つべき手も見えてきそうなものだが——

と、そこで勢いよく事務所のドアが開いた。扉の向こうに、顔を強張らせた隼太が立っている。

隼太は執務室に入ってくると、絞りだすように呟いた。

「……ここの事務所、悪いことしてるんだって?」

ただならぬ様子の隼太に、先に動いたのはメープルだった。ぱたぱたと隼太の傍に駆け寄ると、心配そうに顔を覗き込んでいる。

「隼太くん、一体どうしたんですか。悪いことだなんて……」

「これが、うちのポストに入ってたんだ!」

隼太はポケットから封筒のようなものを取り出すと、メープルに押し付けた。

封筒を開けて中身を見た瞬間、メープルの表情が強張った。隼太は手紙を引ったくるように奪うと、勢いよくエリスのデスクの上に叩きつけた。

便箋には新聞紙を切り抜いたようなつぎはぎの字で、こうあった。

「ＬＲＥ社は裏メニューで『合法的な復讐』を謳《うた》っている違法業者である。金のためなら復讐相手の名誉を貶《おとし》め、傷つけることも厭《いと》わない。ＬＲＥ社のせいで不幸になった人間は数えきれない。悪徳業者には金輪際、関わらないほうが身のためだ」

エリスは目を細めたまま、じっと手紙を眺めていた。黙ったままのエリスに、隼太が震える声で問いかける。

「なぁ。ここに書いてあること、本当かよ？」

問いには答えず、エリスは引き出しから手袋を取り出した。指紋を付けないよう慎重に、便箋と封筒を検《あらた》めていく。

真っ白な封筒の表書きには「上條隼太　様」とあるだけで、差出人の名前はない。切手や消印もないため、恐らく犯人が隼太の家のポストに直接投函《とうかん》したのだろう。

一体誰が、何のためにこんなことを――

シンキングタイムに入ってしまったエリスに痺《しび》れを切らすと、隼太は声を荒らげた。

「黙ってないで、違うならそう言ってくれよ！　俺だって、ここが悪い業者だなんて。エリスが悪いヤツだなんて、思っちゃいないけど……」

「違わないわ。手紙に書いてある通りよ」

ぴしゃり、と言い切ると、エリスは真っ直ぐに隼太の目を見据えた。

長い長い沈黙が訪れた。隼太は先ほどから俯いたまま、一言も喋らない。

だが、隼太の肩は小刻みに震えていた。メープルもどうフォローすべきか考えあぐねているのか、ソファーの傍で立ち尽くしている。

エリスは辛抱強く、隼太の次の言葉を待った。隼太はふるふるとかぶりを振ると、勢いよく顔を上げた。

「何だよそれ、ふざけんなよ！ ……嘘つき！」

隼太の目には涙が浮かんでいた。怒りと悲しみと混乱とでぐちゃぐちゃになってしまった少年の心情を思うと、エリスの胸はちくりと痛んだ。

だがここで——逃げるわけにはいかない。

エリスの態度に失望したのか、隼太がこちらから目を逸らした。

「俺はエリスのこと、警察でも解決できない事件を解決してくれる、正義のヒーローだと思ってたんだ。お金のために復讐するなんて……相手を傷つけるような悪いヤツだなんて、ガッカリした」

隼太は袖でさっと目元を拭うと、エリスを睨みつけた。

「……依頼は取り下げる。もう、アンタには頼らない」

隼太はくるりと向きを変えると、一気に扉の前まで走っていった。振り向きざま大声で、負け惜しみのように言い放った。

「イライリョウは返してくれなくていいからな！」

ばたん！　と勢いよく扉を閉めると、隼太はそのまま行ってしまった。

嵐が去った執務室で、メープルがこちらの様子を窺っている。エリスは新しいお茶を頼むと、ため息交じりにソファーに腰を下ろした。

メープルにとっても、隼太の激昂《げっこう》ぶりは予想外だったのだろう。手早くお茶を用意したかと思うと、珍しく自分から脇のソファーに座り込んだ。

「隼太くんが裏メニューにあそこまでショックを受けるとは思いませんでした。動物虐待事件を解決するのに身銭を切るぐらいですから、やっぱり正義感が強いんですね、彼は」

「そうね。一度は警察にも断られてたわけだし……ウチへの期待が大きかった分、失望も大きかったんじゃない？」

相槌を打ちつつも、エリスが抱いた疑念はそこではなかった。

確かに、少しばかりの情報リテラシーがあれば、LRE社の裏メニューの存在に辿り着くことは容易い。

問題は――それを隼太に伝えられる人物はそう多くない、ということである。

確かに、土曜日のドッグランでは大体二十人以上の大人に話を聞いてきたが、「隼太の家のポストに手紙を投函してまで密告ができる」人物は、隼太が定期的に接触している人物に限られる。要するに、犬友メンバーたちだけだ。

横槍《よこやり》を入れてきたタイミングを鑑みても、まず間違いないだろう。これ以上調べられたら不都合なので、わざわざエリスではなく隼太のほうを動揺させ、依頼を取り下げるよう仕向けてきたのだ。

裏メニューについて隼太に黙っていたのは自身の判断とはいえ、エリスは腸が煮えくり返る思いだった。

依頼人との信頼関係に茶々入れてくるなんて、舐めた真似してくれるじゃない――不敵な笑みで闘志を漲《みなぎ》らせる雇い主を冷ややかに見つめると、メープルはソファーで本を読み始めた。

エリスは早速、スマホのGPSアプリを起動すると、隼太の現在地を確認した。隼太を示す赤い点は地図上、事務所付近のコンビニで止まっており、まだ遠くには行っていないようである。

「メープル。アンタのスマホにもGPSを入れてたわよね？」

読書に集中し始めたばかりの秘書は眉を上げると、頷いた。

「悪いけど、隼太くんが暴走しないよう、アンタが見張っててくれない？　アタシは戸川さん宅のアポがあるし、隼太くんも別にアンタには怒ってないだろうし」

「……私がですか。承知しました」

メープルは読みかけの本をぱたん、と閉じると、テーブルに置いて立ち上がった。そのままキッチンに引っ込み、手早く出かける支度を整えている。

残された本の表紙を見て、エリスはすぐに気が付いた。

――読んでいたはずの本が、逆向きだ。

きっと、この子はこの子なりに隼太のことを心配しているのだろう。隼太とは真逆で、とことん心情が読めない秘書に苦笑しつつ、エリスはキッチンの前で叫んだ。

「ちなみに、前回の潜入捜査の時みたいに、危ないことは絶対に……」

「承知してます。ボスのお小言を聞くのはもう懲り懲りです」

被せ気味に返事をしつつ、メープルは「では、行ってきます」と会釈をして出て行った。秘書一人に任せるのは心配ではあるが、こちらはこちらでやるべきことをやっておかなければならない。

階段を下りていく背中に向かって、エリスは母親のように声をかけた。

「くれぐれもGPSは切らないでね。何かあったらすぐ連絡して」

＊＊＊

事務所を出たメープルは小走りで歩道を進んでいった。ボスの言った通り、隼太くんは事務所を出てすぐ、コンビニの前にいる。隼太くんは駐車場の車止めに座り込んで肉まんを食べながら、ぼうっと虚空を眺めていた。

視界に割り込む形で目の前に顔を出すと、隼太くんが「うげっ」と呻《うめ》いた。真っ赤に腫らした目が気になるのか、視線は合わせず、そっぽを向いてしまう。

「……何だよ、佐藤。依頼は取り下げるって言ったろ」

「えぇ、知ってます。ここに来たのは私の独断ですから」

当然、隼太くんを安心させるための嘘だが、彼も素直に騙されるほど馬鹿ではない。疑わしそうな視線から話題を逸らすべく、隼太くんが持っていた肉まんを指さした。

「それ、美味しいんですか？」

隼太くんが、信じられないものを見るような目つきでこちらを見てきた。

「……嘘だろ。まさか佐藤、肉まん食べたことないのか」

「存在は知ってますが、実際に食べたことまでは」

正直に答えると、隼太くんの口がぽかんと開いた。隼太くんは勢いよく立ち上がると、こちらの腕を掴んでコンビニの店内に駆け込んだ。

「お前、ヤバいぞ！　こんな美味しいものを食べたことないなんて、人生の損失だ！　食ってみろって！　俺がおごってやる！」

別にねだったつもりはないが、一応は作戦成功だ。依頼からは気が逸れたらしい。

ホットショーケースの中の商品を解説する隼太くんの声を聞きながら、メープルは内心で小さくガッツポーズをしていた。

隼太くんは肉まんと、自分用に追加でピザまんを購入すると、そのままハルの虐待現場の公園に向かって歩いていった。

ボスは「隼太くんもアンタには怒ってない」などと無責任なことを言ってくれたが、実際はそうでもなかった。LRE社への不満は主に自分にも向けられているらしく、ハルの事件やその周辺情報については、隼太くんは先ほどからいくら話しかけても、頑なに無視を決め込んでいる。

それでも、付いていくこと自体に文句は言ってこなかった。何だかんだで、彼も一人で調査するのは不安なのだろう。大体、追い返すつもりなら、肉まんだけを寄越してとっくに帰らせているはずだ。

公園に到着すると、隼太くんは奥にある東屋に向かった。今日は滑り台のところで二人ほど子どもが遊んでいるが、それ以外に人の姿はない。

隼太くんが東屋のベンチに腰かけたので、自分も少し距離を取って隣に座る。

隼太くんはビニール袋を漁《あさ》ると、肉まんをこちらに渡してきた。

「ほら、佐藤。ちょっと冷めちゃったけど」

「ありがとうございます。いただきます」

まだ湯気が出ている肉まんを一口頬張ると、口の中に一気に肉汁が広がった。外側の蒸しパンのような部分はふかふかで甘いのに、中身の餡《あん》はおかずのように濃い。餡の中のシャキシャキした黄色いものは、タケノコだろうか。甘いお菓子を想像していた自分にとっては、完全に予想外の味だった。

「どうだ？　美味《うま》いか？」

「美味しいですが、想像以上におかずの味でした。ごはんに合いそうですね」

「何だよ、その食レポ」

隼太くんはぶはぁっ、と音を立てて噴き出すと、お腹を抱えて笑い出してしまった。別にボケたつもりはないが——隼太くんが楽しそうなので、ひとまずは良しとしよう。

ひとしきり爆笑した後、隼太くんは口を尖らせた。

「……佐藤は、アイツの手下じゃないのかよ」

アイツ、とはきっと、ボスのことだろう。ボスもすっかり嫌われたものである。どう答えるのが適切かはわからないが、とりあえず素直に応答する。

「手下、ではないですね。強いて言うなら秘書ですが」

「違いがよくわかんねぇよ」

ほんの少し表情を緩めると、隼太くんはベンチの背もたれに寄りかかった。

「俺、ハルを虐めてた奴のことは許せないけど、別に仕返ししたいわけじゃないんだ。いくらこっちが間違ってなかったとしても、復讐なんて絶対に正義じゃない。それに、やってやられてが繰り返されてたら、いつまで経っても決着がつかないだろ」

真っ当に正しい意見を口にすると、隼太くんはピザまんの大きめの一口を口の中に放り込んだ。もしゃもしゃという咀嚼音《そしゃく》だけが、東屋の中に響いている。

隼太くんはどこまでも真っ直ぐだ——清々《すがすが》しいほどに。

不条理な目に遭いながらも、それでも人として善くあろうとする彼の純粋さは、自分には酷く眩しく思えた。

だが——一つだけ、誤解は解いておかなければならない。

伝えるべき言葉を頭の中でまとめてから、口を開いた。

「雇い主を擁護するつもりはありませんが、ボスは別に、復讐を正義だとは思っていませんよ。むしろ、救い難い悪だと考えている節があります」

一切の誇張なく、事実だった。実際、ボスは自身がろくな死に方をしないであろうことを、痛いほどに自覚している。

隼太の目に明らかな動揺が浮かんだ。

「じゃあ、何でアイツは……」

「世の中にそれを必要とする人がいるからです。決して多くはないですが、確実に」

そう。いくら綺麗事を並べたところで、復讐を願う存在そのものをなかったことにはできない。

だからボスは、拾い上げるのだ。復讐が悪で、自己満足であることを承知のうえで——自身の目指す『不和と争いの女神』の本懐として。

納得したのかしないのか、隼太くんは考え込むように黙ってしまった。それでも表情から怒りはとうに引いていたので、雇い主の汚名は多少は返上できたらしい。

ふと、正面入口に目をやると、見覚えのある女性が立っていた。女性は真剣な表情でスマホをいじっている。

「あ、来た来た、櫻井のばあちゃん。おーい」

走っていく隼太くんに合わせ、自分も後ろについていく。櫻井婦人はこちらに気付いて顔を上げると、慌ててスマホを鞄にしまった。

「あら、あなたたち二人だけ？　調査会社の方は？」

この様子だと、隼太くんがボスの代わりに助っ人を頼んだのだろう。隼太くんはふん、と鼻を鳴らすと、不機嫌そうに応じた。

「いいんだよ、あんなヤツ。俺たちだけで調査するんだから」

櫻井婦人が心配そうにこちらを見ている。問題ないことを示すべく指でＯＫサインを作ると、婦人はほっとしたような表情を浮かべた。

「お友達から、海浜公園でハルに似た犬を見かけたって話を聞いたのよ。だから、今から一緒に行ってみないかって、隼太くんと話をしてたんだけど……」

櫻井婦人は、自分も一緒に行くかどうかを問うているのだろう。隼太くんを見張るのであれば、付いていく一択だ。

「可能であれば、私も同行させてもらえると嬉しいです」

婦人は頷いたが、すぐに困ったような顔で呟いた。

「三人で行くんだったら、電車じゃなくて車の方がいいかしら。少し待っててもらえれば、家から取ってくるけど……」

「いえ。車は苦手なんです」

反射的に出てしまった大声に、思わず口元に手をやった。隼太くんがあからさまに困惑しているのがわかる。

「どうしたんだよ、いきなり大声出して。さては佐藤、車酔いするタイプか？」

隼太くんの冗談に乗る形で、慌てて声のトーンを戻す。

「……ええ。そんなところです」

「佐藤にも苦手なものがあるんだな。だっせー！」

「隼太くん！　そんな風に意地悪を言わないの！」

隼太の軽口を窘めると、櫻井婦人はそっと頭を撫でてきた。

「それなら電車にしましょう。駅まで十分ぐらいだから、ついてらっしゃい」

婦人はそのまま踵を返すと、駅への道を先導するように歩き出した。


二人の後ろをゆっくり歩いていたが、心臓はまだ早鐘を打っていた。何度か深呼吸をしてみたが、思った以上に動悸《どうき》が激しくなっており、左胸に微かな痛みを覚える。

車を見るのは平気だが、乗るとなると話は別だ。ちょうど目の前でタクシーに乗り込んでいくサラリーマンの姿が見え、思わず歩道側に視線を逸らす。

やはり今でも車は嫌いだ。余計なことばかり、思い出してしまうから。

5

エリスは予定通り、弁護士モードのスーツ姿で戸川のマンションを訪れていた。

戸川のマンションはドッグランの公園から近い新しめの物件で、オフィスビルのようなシックな外壁は、一人暮らしの女性が住むには高級な雰囲気だ。一階にはチェーン店のカフェまで入っており、住人の年収が一定水準以上であることが窺える。

留守電は聞いてもらえていたのか、インターホンを鳴らすと「……戸川です」と、返事が返ってきた。エリスはカメラに向かって微笑むと、封筒を掲げた。

「顧問弁護士の衿須です。退職関連の書類をお持ちしました。いくつか確認事項があるのですが、女性のお宅にお邪魔するのはコンプライアンス上、許されておりません。お手数ですが、外で少しお話できますでしょうか」

迷ったような沈黙の後、戸川は暗い声で答えた。

「……どうしても直接じゃないとダメですか。文書で回答とかは……」

「ええ、通常であれば可能ですが、今回は急でしたので。先方からも、しっかり事情をヒアリングするよう仰せつかっております」

急な退職という後ろめたさに付け込んだ、尤もらしい理由を添えると、戸川は諦めたように呟いた。

「……わかりました。下のカフェでお願いします。十分ほどで伺いますので、先に入っててください」

エリスはカフェの入口寄り、周りに人がいない席を選んで戸川を待っていた。

きっかり十分後、ワンピースを着た女性が入ってきたかと思うと、きょろきょろと店内を見回している。恐らく彼女が戸川だろう。

年齢は三十代前半ぐらいで、あまり化粧っ気がない。黒髪のショートヘアーと一五〇センチもなさそうな小柄な体格を見ても、事前に聞いていたバリキャリのイメージよりは素朴な印象だ。とはいえ、このようなマンション住まいなのだから、高給取りであることは間違いない。

戸川はコーヒーカップを持ったまま、まだ店内をうろうろしている。エリスが手を上げると、ようやくこちらに気付いた戸川が前の席に腰かけた。

「ご足労いただきまして申し訳ございません」

エリスの言葉に、戸川が気まずそうに目礼する。この賢そうな女性を相手にどう情報を得たものか、エリスの脳内で戦いのゴングが鳴ったような気がした。

それから十五分ほどかけ、エリスは適当な労働規約の説明と、退職理由のヒアリングを行っていった。特に退職理由は是が非でも聞きたいところだが、戸川は当たり障りのない答えを並べるばかりである。

「では、会社に将来性を感じなくなったので退職したい、ということでしょうか」

「ええ。決して、パワハラとかセクハラではなく、私の個人的な理由です。皆さんには申し訳ないと思っています」

この切り口で尻尾《しっぽ》を出さないなら、別の方向から攻めるしかない。エリスは書類に目を通すふりをしながら、さりげなく話題の舵《かじ》を切った。

「そういえば、戸川さん、ワンちゃんを飼ってらっしゃるんですね。それなのにお呼び立てしてしまって、失礼しました」

「あ、いえ。一時間程であれば、大丈夫です」

戸川が表情を緩めた。やはり、犬ネタであれば素直な反応になるらしい。

エリスは思い切って鎌をかけてみた。

「犬といえば、最近、近くの公園で動物虐待事件があったそうですね。ニュースにもなっていたんですが、ご存知ですか」

びくり、と戸川の肩が上がった。ほんの一瞬だけ怯《おび》えたような表情を浮かべると、戸川はすぐにコーヒーカップに視線を落とした。

この反応は——当たりだ。

エリスは敢えて軽い調子で問いかけた。

「実際、どんなお気持ちですか。野良犬とはいえ、殴られているワンちゃんにカメラを向けるというのは」

戸川の顔が、今度こそはっきりと引きつった。

「……いきなり何を仰るんですか」

「なるほど、驚いた演技もお上手です」

あくまでシラを切り通すつもりだろうが、最初の不自然な反応は誤魔化せない。ムタの「動画撮影者が女性」という証言にも当て嵌まっているし、間違いはないだろう。

ところが、戸川は強気な態度を崩さず、逆に詰問してきた。

「失礼じゃありませんか。一体どうしてそんな話になるのか、説明してください」

「そうですね、何からお話ししましょうか……」

意味深に微笑みながら、エリスの脳内はフル回転していた。確かに、彼女が動画撮影者と仮定すると、矛盾点があるにはあるのだ。

実行犯のムタの身長は一六五センチで、隼太によると、撮影者はそこから頭一つ分ほど背が高かったはずだ。となると、撮影者の身長は一八五センチ程になるはずだが、目の前の戸川はどう見ても小柄な女性である。

この矛盾を切り崩せない限り、彼女を動画撮影者と断定することはできない。

「どうしたんですか。何とか言ったらどうなんですか」

エリスが黙ったのを見て、戸川の口調が更に強くなった。

さすがに分が悪くなってきた沈黙の中、忙しく動き回る店員の姿が視界の端に映った。店員は踏み台を昇り降りしながら、レジ上の棚にコーヒー豆の袋を並べている。

なるほど。そういうことか――

エリスは口元に指を当てると、内緒話をするように囁いた。

「失礼。考えをまとめていたら、つい喋るのを忘れてしまいました」

エリスは一つ咳払いをすると、真っ直ぐに戸川を見据えた。

「目撃証言によると、動画撮影者は実行犯より頭一つ分ほど背が高かったそうです。実行犯の身長は一六五センチですので、当然、この条件はあなたに当て嵌まらない」

戸川はなおも無言で睨みつけてくる。エリスはゆっくりと続けた。

「ですが、目撃者に勘違いがあったとしたらどうでしょう。目撃者は二十メートルほど離れたところから現場を見ていました。当然、途中の茂みに遮られて、犯人の足元は見えていない」

エリスは公園の地図を思い浮かべた。

「公園の砂場の前には、タイヤを半分地面に埋めて並べた遊具があります。動画撮影者は、タイヤに乗って上からのアングルで動画を撮影していたんですよ。だから頭一つ分ほど背が高く見えた。よって、実際の身長の高低は関係ありません」

綺麗に矛盾点を説明しきると、エリスはにっこりと微笑んだ。

一方、戸川の顔は既に真っ青になっていた。戸川は気を落ち着かせるようにかぶりを振ると、震える声で絞りだした。

「……私がやったという証拠はあるんですか」

やはり指摘するとしたらそこだろう。実際、直接的な証拠はない。

だが――

「上條隼太くん、ご存知ですよね」

戸川が目を見開いた。

「あなたと仲良しの犬友の一人です。今回の事件で彼は酷く心を痛めています。あなたも犬好きなら気持ちはわかるでしょう?」

本来であれば、こんな風に相手の情に訴えるのは禁じ手だ。それでも今の言葉が最後の引き金になったのか、戸川は堰《せき》を切ったように泣き出した。

「……私だってやりたくなかったんです。あんなこと」

戸川は鞄からハンカチを取り出すと、目元を押さえた。

「でも、私の大切なラブちゃんが誘拐されてしまって、仕方なかったんです。知らない番号から電話がかかってきて。ラブちゃんを返してほしければ、野良犬を殴ってるところを動画に撮ってこいと指示されました。やらないと、ラブちゃんを殺すと……警察に言ったら、ラブちゃんの命はないと」

戸川は涙ながらに続けた。

「でも、私も犬を飼っている身です。たとえ野良犬でも、そんな残酷なことはできません。かといって、そんな犯罪行為をお願いできる人も思い浮かばない。だから……お金に困っている人であれば。例えばホームレスであれば、お金さえ払えば何とかしてくれるんじゃないかと思ったんです」

誰にも話せなかった思いを吐き出すように一気に喋ると、戸川は洟をすすった。

話が核心に近づき、自分の鼓動が速くなっているのがわかった。エリスは一度大きく息を吐くと、更に質問を続けた。

「脅迫者は他に何か言ってましたか。動画の受け渡し方法などについての指示があったはずですが」

「動画はスマホからSDカードに移して、公園の自販機の裏にテープで貼りました」

頷きながら、自分の手に汗が滲んできたのがわかった。

正直、聞きたくはないが——これだけは、聞かずに終われないのだ。

エリスはそっと、最も重要な問いを口にした。

「ハルは……どうなったんですか」

瞬間、戸川が嗚咽《おえつ》を漏らして泣き崩れる。

「……死んだことが確認できる写真がないと、ラブちゃんは解放しないと言われたんです。ごめんなさい……本当に、ごめんなさい……」

エリスは思わず天を仰いだ。全ての答えであり、直視したくない現実——到底受け入れ難い、聞きたくなかった結論だった。

頭の中で、隼太の顔が浮かんでは消えていく。マグマのように湧き上がる怒りを何とか呑み込むと、エリスは更に問いかけた。

「その後、ハルをどうしたんですか」

「犯人からは『好きにしろ』と言われていました。でも、適当に済ませることもできなくて。レンタカーを借りて、多摩《たま》の山中に段ボールごと埋めに行きました」

エリスはスマホの地図を出すと、詳しい場所を確認した。大体の目星が付いたところで、戸川に続きを促す。

「要求通りにした結果、ラブちゃんは戻ってきたんですね」

「はい。次の日、もう一度自販機の裏を見に行ったら、SDカードの場所にメモが貼ってありました。少し離れた場所にある公園の名前が書かれていて……半信半疑でしたが、行ってみたらラブちゃんがいたんです。少し弱ってましたが、無事でした」

ほんの少しだけ救われたような様子で、戸川はそっと目尻の涙を拭った。

「撮影した動画と写真の元データは残っていますか？」

「あります。……手元に残しておくのは恐ろしかったんですが、怖くて削除することもできませんでした」

戸川はスマホをこちらに寄越すと、日付だけを教えてきた。スクロールして遡っていくと、確かに該当の日付に十五分ほどの動画と、赤色の画像が保存されている。

音なしで動画を再生すると、確かに、ハルが痛めつけられている映像だった。

エリスはすぐに映像を止めると、動画と写真を自身のスマホにコピーした。改めて戸川のほうに向き直り、神妙な面持ちで口を開く。

「あなたのやったことは許されることではありませんが、情状酌量の余地もあります。犯人を捕まえるため、協力してもらえませんか」

戸川は涙目のまま頷いた。エリスは戸川のスマホの着信履歴をスクロールすると、テーブルに置いた。

「あなたを脅迫してきた人物の電話番号は、これで間違いありませんね?」


急いで事務所に戻りながら、エリスの頭の中は忙しなく動いていた。

僅か一時間ほどの間に、状況が一気に動いた。実行犯と動画撮影者が特定されたが、同時に、その裏に更なる黒幕がいたことが判明したのである。

二週間前のハルの虐待事件。実行犯はホームレスのムタで、動画の撮影者は隼太の犬友の戸川だった。

その戸川は三週間前、飼っていたトイプードルを誘拐され、動物虐待の動画撮影を条件に脅迫された。

誘拐で連想されるのは、ケンが話していた一ヶ月前のフレンチブルドッグ誘拐事件だ。被害者は身代金を要求され、犯人の指示を守らず警察に通報したが、結局、フレンチブルドッグは無事に戻った。

直近で発生した二件は警察沙汰にはなっていないが、この付近で立て続けに三件、ペット絡みの事件が発生している。単なる偶然とは考えにくい。

一連の事件には何らかの繋がりがある。それも恐らく、同一犯だ。

LRE社に戻ると、エリスはすぐに女性モードの服に着替えた。ソファーに座って目を瞑り、犯人の気持ちになりきって狙いを推測していく。

戸川を脅してまで、動物虐待の動画を撮影させた理由。匿名でタレ込みを入れてまで、エリスが事件に関わるのを阻止しようとした理由。

時系列を遡り、過去から順に三つのペット関連の事件を並べてみる。

もし自分が犯人だとして、どうしてそんな真似をするのだろう。「犯人にとって不都合なこと」を、犯人の立場になって想像すると――

瞬間、エリスの脳内に彗星《すいせい》のようなアイディアが降ってきた。

まさか――そういうことか。

理由はわかったが、同時に頭が痛くなってきた。確かにこの理由なら、犯人の行動を論理的に説明できるが――肝心の違法性の立証部分が、限りなく困難である。

要するに、表沙汰になっていない事件を表に引っ張り出して事件化しろ、と言っているのに等しい。まずはケンに連絡し、戸川から入手した電話番号を照会すれば裏付けは済むが――そこから先は、とんだ人海戦術になってしまうかもしれない。

待ち受ける困難に思わず苦笑いを浮かべたところで、メープルから写真付きのメールが届いた。

「報告です。ハルに似た犬の目撃情報を元に、現在、櫻井婦人と隼太くんと海浜公園に来ています。休憩がてらカフェに入りましたが、LRE社よりおやつが豪華です」

送られてきたのは、窓際のソファー席らしき場所にいる三人の写真だった。どうやら、一緒に動いてくれる大人として隼太が指名したのは櫻井らしい。

エリスは送られてきた写真を観察した。

櫻井がごちそうしてくれているのか、テーブルの向かって左側、メープルと隼太の前には豪華なスイーツが並んでいた。隼太はフルーツパフェにクリームソーダ、メープルはチョコレートワッフルに紅茶だろうか。

隼太は自身の戦隊スマホでクリームソーダを撮影中で、カメラに気付いていないようだ。右側の櫻井の側のソファーの座面には、手提げ鞄とスマホが置かれている。

エリスは深々とため息をついた。どうやら、決着は今日のうちに付けないといけないらしい。

「後で迎えに行くから、詳しい場所を教えて」

エリスは当たり障りのない返事を打ち込むと、送信ボタンを押しかけ――やめた。

少し迷ったが、最終行に文字化けのような文を付け足し、改めて送信ボタンを押す。

『VHMJ, RGNTS GDKO』

続けてエリスはケンの連絡先画面を開いた。二日連続で呼び出すのはさすがに心苦しいが、これから始まる舞台には、どうしてもケンの協力が必要なのである。

「ショーマストゴーオン、といきたいところだけど……ケンちゃん、今からすぐ来てくれるかしら」

6

「三人でふ頭前広場に来ています　ＮＪ」

メープルからの返信を確認すると、エリスは急いで海浜公園に向かった。

海浜公園は海沿いを真っ直ぐに伸びる遊歩道が人気の公園である。横に広い敷地は全面が海に面しており、季節の花壇や記念碑などが各所に設置されている。

子ども向けというよりむしろ大人向けの公園で、利用客も専らジョギングや犬の散歩目的が多い。夜にはちょっとしたライトアップなどもあり、若者向けのデートスポットとしても有名だった。

ふ頭前広場は海浜公園の中央、見晴らしの良い場所にあった。丸く開けたスペースの中央に銅像があり、吹き抜ける海風でびゅんびゅんと音が鳴っている。海を向いた銅像の視線の先、海岸沿いギリギリの所に、柵とベンチが設置されていた。

海に面した三つのベンチの一番左に、隼太、櫻井、メープルが並んで座っている。ベンチの更に左側に植え込みの存在を確認してから、エリスはそっと三人の背後に近づいていった。

「あら、片桐さん」

こちらが声をかけるより先に振り返った櫻井に、エリスもにっこりと笑みを返した。

「櫻井さん、ウチのメープルがご迷惑をおかけしました。さ、帰るわよ」

隣のメープルを手で制すると、代わりに櫻井が立ち上がった。その動きで、エリスは相手の意図を瞬時に理解した。

見つめ合うこと数秒、エリスはくすくすと笑い出した。

「ねぇ。お互い、下手な芝居はヤメにしない？」

「あら。何のことかしら」

「よく言う。それ、『ついうっかり』子どもたちを海に落とせる人間が言うセリフじゃないのよねぇ」

こちらの挑発には乗らず、櫻井は柔和な笑みを崩さない。エリスは静かな闘志を燃やしたまま、ベンチに向かって一歩踏み出した。

「単刀直入に訊くけど。一連のペット事件の黒幕は櫻井さん、アンタよね？」

エリスの言葉に、隼太が怯えた目で櫻井を見上げる。二人は拘束されているわけではないが、櫻井の静かな迫力に、迂闊に動けなくなってしまっているらしい。

「突然現れて犯人呼ばわりなんて、酷い探偵さんね」

櫻井の大袈裟な嘆きは無視して、エリスは続ける。

「戸川さんを脅してまで、動物虐待の動画を撮影させた理由。匿名のタレ込みを入れてまで、アタシが調査に関わるのを妨害しようとした理由。それは『裏で走らせてる企みを警察沙汰にしたくなかったから』でしょ？」

櫻井の表情が僅かに揺らいだ。びゅう、とひときわ強く吹いた海風が、櫻井の白髪をにわかに跳ね上げる。

「アンタの娘婿は動物病院を経営してるのよね。当然、飼い主とペットの情報は十分過ぎるほど持っている。小型犬か大型犬か、室内飼いかそうでないか、マイクロチップを装着してるか否か。アンタはこれらの情報を利用して、小銭を稼ぐことを思いついた」

エリスがまた一歩ベンチに近づくと、櫻井は笑顔で頷いた。

「具体的には、身代金五十万円程度の、小口のペット誘拐を起こすことね。そもそも犬を飼ってる人は金銭的な余裕があることが多いし、五十万円程度の金額なら、可愛い家族の命には代えられない。『警察に通報したらペットの命はない』と釘を刺しておけば、素直に支払う人がほとんどだったんじゃない？」

「あら。それなら、動物病院の関係者じゃなくてもできそうね。例えば、ペットホリックの店員の三谷さんとかでも」

ここで三谷の名前を出す辺り、まだ櫻井の中で自身の優位は揺らいでいないらしい。

エリスは首を振った。

「いいえ、動物病院でないと難しいわ。飼い犬を赤の他人が誘拐するには、反撃されたり暴れられたりするリスクが付き物よ。それを回避するためには、犬を大人しくさせるための薬品なんかも事前に準備しておかなければならない。いちペットショップの店員が入手できるような品じゃないわ」

エリスが半歩、足を進めたところで、櫻井が腕を広げて警戒姿勢に入る。エリスはそこで立ち止まった。

「アンタは金払いが良さそうな相手を中心に、ペットの誘拐と身代金の請求を繰り返していた。でも一ヶ月前、フレンチブルドッグの誘拐の際に警察に通報されてしまったことで、潮目が変わった」

櫻井の目が泳いだ。エリスは間髪入れずに続ける。

「さすがに警察相手に無茶はできないから、アンタはやむなくフレンチブルドッグを無傷で解放した。忠告を無視した被害者に通報される経験をしたアンタは、より『相手が身代金を払う可能性が高くなる方法』を考えだした。それが——戸川さんを脅して撮らせた、あの動画だったのね」

エリスはすっと人差し指を立てた。

「特殊詐欺なんかで使われる手口と一緒よ。ポイントは『相手を精神的に揺さぶって、拙速に判断させること』。たとえ電話越しの鳴き声で飼い主が信じなかったとしても――実際に別の犬を痛めつけてる動画とセットで『金を払わなければ、お前の犬もこうなる』なんて脅されたら、ほとんどの人は気が動転して、身代金を払っちゃうんじゃないかしら」

先ほどまでは饒舌《じょうぜつ》だった櫻井も、今はすっかり黙ってしまっている。エリスは一気に畳みかけた。

「アンタは脅迫のダメ押しに使う動画を撮影することにした。それも自分の手は一切汚さずに、ね。あの夜、アンタが公園の近くにいたのは偶然じゃない。脅した戸川さんが指示通りに動画を撮影してるか、監視するためだったんでしょ？」

離れた距離からでも、隼太が震えているのがわかった。櫻井との思い出と恐ろしい犯罪とのギャップに、頭が理解を拒んでしまっているのだろう。

「アンタにとって一番嫌な展開は、ハルの虐待動画をきっかけに、過去の小口誘拐の件まで明るみに出てしまうこと。警察の介入だけは絶対に避けたい。でも、隼太くんはそれをやってしまった。交番に駆け込み、ハルの件を調べてくれるよう直談判してしまったのよ」

櫻井にとっては幸運なことに、警察の捜査は始まらなかった。それでもハルの件で執念を燃やす隼太に、櫻井は気が気ではなかっただろう。

「アンタはそれとなく隼太くんを監視していた。いざとなったら自分を頼ってくる自信もあったんでしょうね。頃合いを見て、諦めるよう説得するつもりだった」

メープルに目をやると、相変わらず無表情のまま、こちらを見つめている。エリスは目を合わせると、力強く頷いた。

「ところが隼太くんは、諦めるどころか調査をアタシに——本職のプロに依頼してしまった。慌てたアンタは、うちがアングラ業者だと隼太くんに密告して、彼が自ら調査を打ち切るよう仕向けるしかなかった」

櫻井が心底感心したように、ぱちぱちと拍手をした。

「凄いわ、とんでもない想像力ね。でも、今の妄想話に証拠はあるのかしら？」

櫻井がわざとらしく小首を傾げる。エリスは冷たい目で櫻井を睨み返すと、ゆっくりと辺りを見回した。

ベンチの左側、植え込みの向こうに、微かに動く影が見えた。右側、視界の端でメープルが頷いたのがわかる。

櫻井までの距離は約五メートル——ドンピシャだ。

「証拠ねぇ……それならアンタが今も持ってるんじゃない？」

櫻井の顔色が変わった。

「誘拐だの脅迫だのを行うのに、まさか自分の携帯を使うわけにいかない。もしアンタが『用途不明の二台目の携帯』を持ってたとしたら——」

エリスは髪をかき上げると、舞台女優のように優雅なウィンクを決めた。

瞬間、メープルが信じられないほどの声量で叫ぶ。

「助けてください！」

櫻井はぎょっとした顔で横を見ると、慌ててメープルの肩を摑んだ。その後方、植え込みから飛び出した黒い影が、櫻井の腕をがっちり捕《とら》えて背中側にねじり上げる。

二日連続で呼び出された苦労人——ケンである。

ケンは櫻井の拘束は解かないまま、そっとメープルの背中を押した。メープルは呆けている隼太の手を引っ張ると、引きずるようにしてこちらに走ってくる。

エリスは二人を背中側に匿《かくま》うと、ケンに目をやった。ケンは片手で識別章を取り出すと、櫻井の眼前に突きつけた。

「未成年者略取の現行犯だ。証拠保全のため、持ち物は押収する」

一瞬で形勢を逆転されたことを理解すると、櫻井は乾いた声で笑い出した。

「……なるほど、嵌められたってわけね？　打ち合わせでもしてたのかしら？」

「いいえ。ボスが暗号を送ってきたので、解いたまでです。アドリブで」

櫻井の問いに答えたのは、メープルだった。

「暗号って、メールの最後のほうにあった、文字化けか？　そんなの一言も書いてなかったじゃねぇか！」

驚いたような隼太の声に、メープルは淡々と応じている。

「隼太くん。最初にボスを紹介した時に言ったじゃないですか。『ボスは常に一歩先を読む人だ』って。だから読んだんです、一歩先を。……ですよね、ボス？」

　エリスは振り返らず、メープルに向かって親指を立てた。先に秘書に全てを解説されてしまったが、つまりはそういうことである。

　送った文字列を全て、一歩先に進める。初歩的なシーザー暗号の一種だ。

　本当に送りたかった文章は「WINK. SHOUT HELP」――「ウィンクしたら『助けて』と叫べ」だ。ある意味では賭けだったが、メープルはしっかりとこちらの意図を読み取り、「NJ」――つまり「OK」と返してきた。

　だからエリスはあのタイミングでウィンクができたのだ。尤も、メープルの本気の声量だけは、完全に予想外だったが。

　神業めいた連携プレーに、櫻井は悔しそうな表情を浮かべていたが、すぐに開き直ったように笑い出した。

「馬鹿馬鹿しい。子どもと海を見ていただけで誘拐だなんて。そんな取って付けたような罪で捕まるわけないでしょう。証拠不十分で、すぐ釈放されるに決まってるわ」

「そうでしょうね。やってもいない誘拐罪で、アンタを捕まえるわけにはいかない」

　エリスはぱちん、と指を鳴らした。

「でも――やったことの裁きは、きちんと受けないといけないんじゃない？」

　エリスはスマホを取り出すと、ある番号をダイヤルした。瞬間、櫻井の鞄の中からクラシックピアノのような着信音が鳴り響く。

「今かけたのは『戸川さんに動物虐待をするよう脅迫した人物』の番号だけど、どうしてアンタの携帯が鳴るのかしら」

櫻井がきっと唇を噛んだ。エリスはゆっくりと櫻井に近づいていく。

「それと、戸川さんは脅迫者——つまりアンタを訴えるそうよ。残念だったわね」

「そう。まぁ、それで済むなら仕方がないわね」

櫻井はまだ余裕の表情である。エリスは呆れたように呟いた。

「アンタ、本当におめでたいわね。それだけで済むと、本気で思ってるの？」

眉を上げる櫻井に、エリスは諭すように囁いた。

「アンタの過去の被害者たちはこう考えているはずよ。ペットが誘拐されたが、身代金を払ったら戻ってきた。悔しいが、犯人もわからないし、泣き寝入りするしかない。要するに『単に知らないから諦めている』状態」

櫻井はまだぴんと来ていないようだ。エリスはにっこりと微笑んだ。

「そして事件化されていない以上、この人たち個人は特定できないわ。わかるのは彼らが属するコミュニティだけ。ここらでペットを飼っている人たちは皆、ペットホリックや櫻井アニマルクリニックのお世話になっているもの」

理解が追いついてきたのか、櫻井が目を見開いた。エリスは謳うように続ける。

「だったら『知らない者に知恵を与える』——不特定多数に『過去の誘拐事件の訴訟は可能である』と営業をかけるのも、弁護士資格を持ってるアタシの自由よね？」

そう。だから「人海戦術」なのだ。理屈は工業製品のリコールと同じだが、発動したらこれ以上ないほど強力である――不特定多数のターゲットに向けて訴訟を呼びかけるなんて、トリッキーなやり方は。

エリスは櫻井の顔を覗き込んだ。

「一つ一つは小口でも、刑事訴訟なら窃盗罪や恐喝罪。それか、民事訴訟で不法行為責任による損害賠償請求もいけそうね」

既に櫻井の顔色は真っ白になっていた。後ろにいるケンも若干引いているように見えるが、今日のところは構わないだろう。

「理解できた? 小口訴訟でも、数が重なったら、罰金やら損害賠償やらの総請求額は一体いくらになるかしらね? ウチへの依頼も増えるし、楽しみだわぁ」

確実に訪れるであろう破滅への恐怖に、櫻井の身体が震えだした。エリスは励ますように、そっと櫻井の肩に手を置いた。

「心配しなくても、余罪次第よ。アンタが小口誘拐で儲けた小銭を、小口訴訟で還元するだけなんだから」

数日後、動物病院のカルテを元に警察が近隣の聞き込み調査を行ったところ、櫻井の余罪は実に二十件以上にも上ることが発覚した。一件当たり五十万円の誘拐事件を複数回繰り返すことで、実に一千万円以上を荒稼ぎしていた計算になる。

それほどの数の誘拐が事件化しなかったという事実は、警察側にも少なくない衝撃を与えた。「ペットは家族」と考える人が、それほど多かったということなのだろう。

ケンからの報告メールを読み終えると、エリスはスマホをソファーに放った。隣で本を読んでいるメープルに手を伸ばし、ぽんぽんと頭を撫でてやる。

「アンタもよくあの写真を送ってきたわね。櫻井さんが犯人だって気付いてたの？」

「いいえ。具体的にどこが怪しいか、わかっていたわけではありませんが」

メープルは無表情のままエリスを見上げた。

「とはいえ、高齢の女性がガラケーとスマホを二台持ちしているのは、やや不自然です。そのうえ、その事実を隠そうとしていたので——ボスならきっと、そこから何か導き出すのではないかな、と」

こともなげに言ってのけると、メープルは再び手元の本に目を落とした。

今回も立派に調査員の役目を果たしてくれた秘書の成長っぷりに、エリスは苦笑するほかなかった。即興の暗号解読までこなしてしまうし、ひょっとしたら近いうちに、この子は本当に自分を超えてしまうかもしれない。

エリスはデスクに戻ると、隼太の依頼の最終報告書をまとめ始めた。

事件の結末は後味の悪いものだった。元々、ハルが埋められている場所にはエリス一人が向かうはずだったが、隼太も同行すると言って聞かなかったのである。

掘り出した段ボールの中にハルを見つけた時の隼太の姿は、とても見ていられるものではなかった。隼太は肩を震わせながらハルの亡骸《なきがら》を抱きしめると、そのままずっと、涙が枯れるまで泣き続けていた。

犬友たちの計らいによって、ハルは最終的にきちんとしたペット霊園に埋葬されることが決まった。しかし、隼太にとって、親友が死んでしまった事実は変わらない。失われてしまったものはもう二度と、帰ってこないのだ。

今回の事件が、彼の心の傷にならなければいいのだけれど——

エリスが物思いに耽《ふけ》っていた、その時。

ばたん！　と騒がしい音を立て、事務所のドアが開いた。

「こんちわー！　今回はありがとうございました！」

隼太だった。

エリスが呆気に取られていると、隼太はばたばたとデスクに駆けてきた。隼太は顔を上げると、にんまりと不敵な笑みを浮かべる。

「大丈夫だって。どんな結果になっても覚悟はできてるって、最初に言ったろ？」

よく見ると、隼太の目はまだ真っ赤に腫れていた。それでも隼太はエリスに向かってびしっと親指を立て、力強く頷く。

この分なら、心配する必要もなさそうね——

小学生男子は、大人が思うよりずっとずっと逞しい。エリスは隼太に合わせて親指を立てると、同じくにんまり笑って拳をぶつけ合った。

隼太は照れたように鼻の下を掻くと、踵を返した。てっきり挨拶だけして帰るのかと思いきや、隼太は勢いよくソファーに飛び乗り、ランドセルの中を漁り始めた。取り出された小さな手には、異様にカラフルなカードが握られている。

「じゃ、佐藤。今日もやろうぜ！　前回のＵＮＯのリベンジ戦！」

お茶を持ってきたメープルも、目を丸くして驚いている。メープルは無表情のまま、それでもどこか嬉しそうに答えた。

「隼太くんも懲りませんね。良いでしょう、受けて立ちます」

隼太がカードを配っている間に、メープルがお茶とお菓子のセッティングを済ませる。テーブルの準備が整ったところで、二人は向かい合って一礼した。

無許可で始まった第二回ＵＮＯ大会に、エリスは珍しく声を荒らげる。

「アンタたちねぇ……カードゲームは、どこか他の場所でやんなさい！」

冤罪

Case 4

二十三時、ちょうど交番前を通り過ぎたエリスの脇を、パトカーが猛スピードで追い抜いていった。

駅が近いとはいえ、この辺りは繁華街ではなく住宅街だ。平日の遅い時間に緊急出動するパトカーの物々しさに、エリスは微かに眉を上げる。

今夜の目的地は道路を渡ったところにあるマンションだった。サイレンが止まった方角で薄々予想はしていたが、目当ての建物は毒々しい赤色灯で照らされている。

参ったわね。まさか、目的地で事件が起こっているなんて。

エリスは嘆息すると、素早く辺りを見回した。せっかくターゲットの様子を見にきたのに、今日のところは出直したほうが良さそうである。

実際、現時点で後ろめたいことは特にない。だが、警察がいる中、住民でもないエリスが現場付近をうろついていていいこともない。

とはいえ、何が起こっているかぐらいは知りたいところだが――

エントランスの近くで住民らしき女性が集まって話をしていた。エリスはさりげなくその輪に近づき、手前の一人に話しかける。

「こんばんは。何か事件ですか？」

女性は不安そうな声で答えた。

「えぇ。何でも、一人暮らしの女性が殺されてしまったそうで……」

顔を上げると、警官たちがばたばたと共用廊下を走っていく姿が見えた。彼らは一番端の部屋——二〇五号の扉の前に集まり、無線で何事か話している。

背中を嫌な汗が伝った。

「ひょっとして、二〇五号室の小野寺梢《おのでらこずえ》さんですか」

「そうそう、小野寺さん。あなた、お知り合い？」

「ええ、そんなところです。……ちょっと失礼します」

電話がかかってきた振りをしながら、エリスはそっと会話から抜け出した。そのまま依頼人の携帯に電話をしてみるが、コール音は鳴っているのに全く繋がらない。

胸騒ぎを覚えつつ、今は大人しく引き下がるしかなかった。

エリスは踵を返すと、駅への道を急ぎ足で引き返していった。


二日後、エリスが事務所のソファーでテレビを見ていると、ちょうど小野寺梢の事件が夕方のニュースで取り上げられていた。「ガールズバー嬢、自宅で刺殺！」というセンセーショナルな見出しに、マスコミの底知れない悪意が垣間見える。

真剣な目で画面を見つめているところに、メープルが紅茶を運んできた。

「ボス。依頼人の方とはまだ連絡が取れないんですか」

頷いたところで、スマホに着信が入った。発信元は、ケンからだ。

「テツ。お前また、グレーゾーンの依頼を受けたな」

電話に出るや否や、ケンが不機嫌そうに断言してきた。普段だったら冗談で返すところだが、今回ばかりはそうもいかない。

「ちょうどニュースで見てたわ。小野寺梢の件でしょ?」

「わかってるなら話が早い」

電話の向こうで手帳を捲るような音がした。

「小野寺梢の事件で、元交際相手の男を重要参考人として確保した。現場付近をうろついていたという証言があり、今、警察でその辺りの事情を聞いている。そいつが、お前を呼んではしいと言っているそうだが」

やはり、そうだったか。

嫌な予感はしていたのだ。男の名は吉田《よしだ》優佑《ゆうすけ》——今回の裏メニューの依頼人である。

復讐のターゲットは死亡。更に、依頼人がその殺害嫌疑をかけられている。

考え得る限り最悪のシナリオに、エリスは思わず天を仰いだ。

1

翌日、エリスは吉田優佑との面会に向かっていた。弁護士モードのスーツ姿は久しぶりだが、重要参考人との面会に至ってはもっと久しぶりである。

面会室の扉の向こうは壁も床も真っ白な空間が広がっていた。窓はあるが無骨な鉄格子が嵌まっていて、威圧感でどうにもエネルギーが削られる。

部屋には机と二つの椅子が置いてあり、奥のほうで優佑ががっくりと項垂れていた。

優佑はエリスに気が付くと、泣きそうな声で叫んだ。

「エリスさん！ 来てくれたんですね」

「アンタが呼んだんでしょうが」

短く答えると、エリスは手前の椅子に腰かけた。後ろに付いてきていたケンが扉を閉め、辺りに静寂が訪れる。

ケンが机の傍に立った。エリスは敢えてのんびりとした調子で問いかける。

「一応、確認だけど……アンタ、やってないのよね？」

「やってませんよ！ 信じてください！」

優佑は苛立ったように机を叩いたが、即座にケンに睨まれた。クロヒョウのようなケンの鋭い視線に、優佑はすっかり怯えて縮こまっている。

改めて優佑の様子を観察してみると、以前に見た時より痩せたような気がする。目の下のクマも酷いし、あまり眠れていないのだろうか。

確かに、いち大学生が殺人事件の重要参考人として警察から事情を聞かれるなんて、精神的にかなりキツいものがあるだろうが——それにしても相当な憔悴《しょうすい》っぷりだ。

エリスは一度息を吐くと、ゆっくりと二週間前の会話を思い出していた。

＊＊＊

遡ること二週間前、LRE社にがちがちに緊張した様子の男が現れた。

名前は吉田優佑、二十歳の学生。さっぱりとした短髪に顔のパーツが小ぶりな、色白の青年である。

中性的な雰囲気はいかにも今時の若者だが、量販店で適当に揃えたような服装や鞄は没個性的というか、どうにも印象が薄い。悪目立ちはしないがこれといった特徴もない、いわゆる地味系男子だった。

優佑はソファーに座るや否や、勢いよく頭を下げた。

「お願いします！　どうか、あの女を懲らしめてやってください！」

大人しそうな顔に似合わぬ過激な物言いに、エリスは目を丸くした。

「ちょっと。いきなりじゃ訳がわからないわよ。ちゃんと説明して」

「あ、すみません、そうでした。つい熱くなってしまって」

慌てて頭を掻くと、優佑は鞄からスマホを取り出した。こう見えて意外と思い込みが激しい、猪突猛進《ちょとつもうしん》タイプなのだろうか。

優佑は何枚かの写真をエリスに見せてきた。紫色のドレスに身を包んだ女性が、薄暗い部屋のソファーで優佑と並んで座っている。

茶色の巻き髪や派手なネイルは水商売風だが、顔立ち自体は割と童顔だ。大人っぽい雰囲気を演出するため、敢えてメイクを濃くしているのかもしれない。

表情に微かな苦悩を滲ませながら、優佑は声のトーンを落とした。

「元カノの小野寺梢です。実は、この女への復讐をお願いしたいんです」


吉田優佑は大学入学を機に上京し、都内で一人暮らしを始めた。田舎《いなか》の男子校から青教大学への入学が決まった優佑は、勉強漬けの高校時代には経験できなかった、甘酸っぱい青春に憧れていた。早い話が――彼女が欲しくて仕方なかったのである。

優佑は大学デビューを果たすべく、入学直後から精力的に活動していた。なるべく華やかそうな団体を選び、アルバイトにサークル活動に、積極的に人間関係を広げようとしていた。

ところが、優佑の生来の真面目さは、その手の団体のノリに壊滅的に合わなかった。周りの連中は気軽に男女で遊びに行っているのに、優佑は行き先とメンバーとスケジュールまでもがきっちり決まった状態でないと参加できない。たまに誘ってもらったイベントでも空回るばかりで、次第に優佑は遊びそのものに誘われなくなっていった。

優佑は「リア充」生活を早々に諦め、授業とバイト先とを往復する毎日に生活をシフトした。当然、増えるのは貯金ばかりで、彼女ができるチャンスもない。

友人も優佑と似たようなタイプの同性ばかりで、入学当初の「彼女が欲しい」という野望は、本人もすっかり忘れかけていた。

しかし二年に進級した時、転機が訪れた。

あまりに女性慣れしていない優佑を見かねて、友人が誕生祝いと称して、秋葉原にあるガールズバー『ホワイトレディ』に誘ってくれたのである。

そこで出会ったのが「こずえ」——元カノの小野寺梢だった。

「初めて梢に会った時は、身体じゅうに電気が走ったかと思いました。本当にあるんですね、そういうの」

元カノなのにしっかりと惚気《のろけ》ると、優佑は照れたように俯いた。

梢は気さくで明るい、不思議な魅力を持った女性だった。深刻な悩みも明るく笑い飛ばし、可愛らしい笑顔で励ましてくれる。物事を悲観的に考えがちな優佑にとって、梢の底抜けの明るさは眩しいほどで、気付けばどんどん惹《ひ》かれていった。

優佑はすっかり梢に夢中だったが、梢はホワイトレディの人気ランキングで常に一、二位をキープしており、ライバルも多かった。顔や財力で他の男に勝てる気はしなかったが、それでも優佑は熱心に店に通い続け、雑誌やインターネットで梢の好きそうなものを調べ、頻繁にプレゼントを贈った。毎日のように地道なアプローチを続けた結果、ついに優佑は梢と付き合えることになったのである。

「でも、いざ付き合うことになったら……彼女は豹変したんです」

優佑の声が一気にか細くなった。

プライベートでの梢は、とにかく金遣いが荒かった。「どうしても欲しいブランドもののバッグがある」に始まり、「田舎のおばあちゃんが入院した」などなど、ありとあらゆる理由を付けては、優佑に金を無心してきたのである。

　更に、ホワイトレディでも、優佑は彼氏にも拘わらず一切の割引はなく、逆に高級なボトルを入れさせられるなど、手酷い仕打ちが目立っていた。

　優佑は最初は親身になってお金を貸し、足りなくなった時は都度、単発のアルバイトを増やして凌《しの》いでいた。その内に自転車操業も間に合わなくなり、やがて優佑の貯金も底をついた。

　次第にデートの回数も減り、梢との連絡も途絶えがちになった。そのタイミングで梢はついに優佑を見限ったのか、僅か三ヶ月で音信不通になってしまったのである。

　優佑が梢に貸した金の総額は、実に五十万円以上に上っていた。

　納得がいかない優佑は、せめて貸した金だけでも返してほしいと、ホワイトレディの店長経由で梢に掛け合ってみたが、効果は全くなかった。それどころか、梢は逆に優佑をストーカー呼ばわりし、店を出禁にしてしまったのである。

　それでも優佑は諦められなかった。店ではなく、今度は梢の住むマンションの近くで待ち伏せ、せめて一部だけでも金を返してくれるよう頭を下げたのである。

　ところが、当の梢の反応は信じられないものだった。

「いい加減にしてよね！　あんまりしつこいと、これ、ネットに上げるから！」

　梢が見せてきたのは、いつの間にか撮影されていた、優佑の裸の写真だった。

いくら自分が男性でも、こんなものがネット上に流出してしまったら一巻の終わりである。来年には就職活動も始まるし、こんな形でデジタルタトゥーが残ってしまっては、マトモな就職先も見つからないかもしれない。

結局、優佑は泣き寝入りするほかなかった。今はアルバイトをしながら、すっからかんになってしまった貯金を少しずつ元に戻している最中である。

話を聞きながら、エリスは内心、複雑な思いだった。

今時、こんなベタな女に引っかかる男がいることにも――五十万円以上を貢がされるまで相手を疑わなかった優佑のお人よしぶりにも、呆れるほかない。

言葉を選ばず言えば、自業自得だ。元カノどうこうより、優佑の無知が招いた悲劇という側面も大きい気がする。

傍らのソファーに目をやると、メープルまでもが釈然としない顔で首を傾げている。

小学生にまで侮られるとは、優佑もなかなか気の毒な男である。

とはいえ、借りたお金を返さないのも、逆切れしてリベンジポルノで脅してくるのも、立派な犯罪だ。今のタイミングで手を打っておかないと、将来的に再び脅迫してくる可能性もある。

「わかったわ。依頼、受けてあげる」

エリスの返事に、優佑は心底ほっとしたように息をついた。

＊＊＊

あれほど強気に息まいていた優佑も、今や目の前で子犬のように大人しくなってしまっている。

今更文句を言っても仕方ないが、やはり最初から危なっかしい気配はあったのだ。その予感は見事に的中してしまったわけだが――

黙り込んだエリスに痺れを切らしたのか、優佑は口を開いた。

「まさか、エリスさんまで僕のことを疑ってるんですか。自分でやるつもりなら、最初から復……裏メニューなんて依頼しませんよ」

慌てて言い直すと、優佑はちらりとケンの様子を窺った。

そう。確かにその通りではある。

だが、優佑が現場付近で怪しい動きをしている裏付けを取られたからこそ、こうして重要参考人になっているわけだ。それ自体は無視できない、重大な事実である。

何だか面倒なことになっちゃったわね――

エリスは優佑に問いかけた。

「アンタはどうしたいの？　ターゲットはいなくなっちゃったし、依頼は終了？」

優佑は絶望的な顔でエリスの袖を摑んできた。

「そんな。エリスさん、弁護士なんでしょ。助けてくれないんですか」

ちくり、と胸の奥が痛んだ。

助けるも何も、これは完全に一般の弁護業務――つまり表の弁護士の仕事だ。だが、表向きは探偵業を掲げ、少なくない頻度で裏メニューのアングラ稼業に手を出している今の自分に、そんなマトモな仕事を受ける資格はない。

いや、厳密に言えば、バッジを捨てていない以上、資格だけはある。

だが、許さないのだ。自分の中の――何かが。

無言のまま答えないエリスに、今度はケンまでもが非難めいた視線を向けてきた。

エリスは肩を竦めると、脳内で思い描いた折衷案を切り出した。

「わかったわ。依頼は続行、但し相手は変更。相手は『アンタの裏メニューの邪魔をしたヤツ』ってことで、どう？」

優佑は両手でエリスの手を取ると、ぶんぶんと激しく上下に揺すった。

「それでいいです、お願いします。とにかく助けてください」

ふと、窓際のケンが小声で「屁理屈《へりくつ》野郎が」と悪態をつくのが聞こえた。圧をかけてきたくせに酷い言い草だが、口元は微かに上がっていたのでまぁ良しとしよう。

エリスはぱちん、と指を鳴らした。

「ショーマストゴーオン。真犯人、見つけてやろうじゃない」

事務所に戻ったエリスは、早速、事件の情報を集め始めた。

今回の事件は発生直後から様々なメディアに情報がリークされていたが、内容は正直、玉石混交だった。依頼人の無実を証明するためには、情報はある程度正確なもの、できれば警察の公式見解が欲しいところである。

とはいえ、さすがに捜査中の事件の情報提供は難しいだろう。ダメ元で再度ケンに電話してみたが、やはり反応は渋いものだった。

「無理だな。たとえ重要参考人の弁護士様相手でも、捜査情報は最重要機密だ」

杓子定規な回答だが、ケンの立場的にもそう言うしかないだろう。こちらのため息が聞こえたのか、電話の向こうでケンが「但し」と付け加えた。

「ちょうど自分でも備忘録を書こうとしていたところだ。うっかり独《ひと》り言《ごと》を喋ってしまうかもしれないから、ちゃんと通話は切っておけよ」

エリスは笑みを浮かべると、録音ボタンを押したスマホをテーブルに置いた。淡々と紡がれる説明を聞きながら、エリスは事件のあらましを順番にメモしていった。


ケンが提供してくれた情報をまとめると、こういうことだった。

事件が起こったのは三日前。被害者は小野寺梢、二十一歳、職業はフリーター。直近では秋葉原にあるガールズバー『ホワイトレディ』のキャストをやっていた。

事件当日の二十二時頃、梢の現在の恋人である医学生、二宮海斗《にのみやかいと》と、バイト先の同僚である影山笑里《かげやまえみり》の二人が梢のマンションを訪れた。二宮は渡されていた合鍵でオートロックのエントランスドアを開け、影山とともに二階にある梢の部屋に向かった。二〇五号室のインターホンを鳴らすと、部屋の中から激しく争うような音と、「キャー！」という悲鳴が聞こえてきた。慌てた二宮がドアノブに手をかけると、当然ながら鍵はかかっている。二宮は合鍵を使って扉を開けた。

強盗が潜んでいる可能性もあるため、まずは二宮だけが室内へ入っていった。丸腰のため鞄を構えながら進んでいったが、幸い玄関から廊下にかけて不審者はいない。二宮が部屋に辿り着くと、リビングの中央で梢が血まみれになって倒れていた。慌てて脈を取ってみたが、既に息はない。

二宮は急いで影山を部屋に呼び入れると、警察を呼ぶよう指示した。影山は当初、電話で一一〇番通報をしようとしたが、二〇〇メートルほど先の道路沿いに交番があったことを思い出すと、走って直接向かうことにした。

影山が部屋を出た後、二宮が部屋の奥を確認すると、カーテンは閉まっているものの、窓が僅かに開いていた。鍵の傍のガラスが割られており、何者かが外からガラスを割って鍵を開け、部屋に侵入してきたように思われた。

二宮がベランダに出ると、敷地内の塀の傍で、男がこちらに双眼鏡を向けて立っていた。咄嗟に大声を出すと、男は慌てた様子で塀を乗り越え、逃げてしまった。

二宮は走って部屋を出ると、マンション裏手にある非常階段から外へ出た。男がいた塀の辺りを探してみたが、既に逃げてしまった後のようで、どこにも見当たらない。念のため、二宮が付近の一ブロック程のエリアをざっと捜しながらマンションに戻ってきたところで、エントランスで影山たちと合流した。

警官とともに二人が再び部屋に向かうと、騒ぎを聞きつけた隣室の女性——フリーランスのイラストレーター、槙村祥子《まきむらしょうこ》が梢の部屋の前に立っていた。

警官が部屋の中に入り、梢の遺体を確認したことで、改めて今回の事件が殺人事件であることが認定された。直《ただ》ちに応援が呼ばれ、パトカーが来た辺りで、ちょうどエリスがマンションの外に到着した計算になる。

梢の死亡推定時刻は悲鳴が聞こえた二十二時頃で、解剖の結果とも一致していた。致命傷は心臓付近に刺さったナイフによる刺し傷で、凶器のナイフは遺体のすぐ横、カーペットの上に落ちていた。ナイフはホームセンターで売っている量産品で、入手経路の特定はすぐには難しいらしい。

遺体には心臓付近の傷のほか、他に防御創と見られる切り傷が左腕の前腕と手の甲部分に複数残っていた。特に甲部分からは一部の肉が抉《えぐ》り取られており、現場から肉片は見つからなかった。

また、解剖により、梢の胃の内部から睡眠薬が検出された。元々、不眠症気味だった本人が処方されていた薬で、自身で飲んだのか犯人に飲まされたかは判別できない。犯人の「手の甲の肉を抉る」という猟奇的な行動の目的は不明だったが、警察は当初、空き巣による強盗殺人の線が濃厚であるとして調べを進めていた。部屋が荒らされており、梢の財布からも現金が抜かれていたためである。死亡時の梢の服装が部屋着だったことも、強盗殺人説を後押しした。

犯人はマンション外の配管を伝って梢の部屋のベランダに侵入し、窓ガラスを割って室内に侵入した。ガラスや窓枠に指紋は残されていなかったため、手袋をして犯行に及んだものと思われる。

睡眠薬を飲み、隣の寝室で眠っていた梢は、空き巣が侵入してきた物音で目を覚ました。リビングに出て行ったところで運悪く鉢合わせ、悲鳴を上げたところで刺されてしまった、というのが、当初の警察の見解である。

ところが、二宮が怪しい男を目撃したという証言から、一気に潮目が変わった。塀の傍で部屋を覗いていた、いかにも怪しい双眼鏡男が——こともあろうに、優佑だったのである。

犯人が顔見知りだったとしても、前述した強盗殺人の手口は十分に成立する。付近の家の防犯カメラにも走って逃げる優佑の姿が映っていたため、警察は重要参考人として優佑を確保した、というのが、一連の顚末《てんまつ》だった。

エリスは思わず眉間を押さえた。ここまでの情報だけでも、状況は優佑にとって圧倒的に不利である。

特に双眼鏡で部屋を覗いていたというのは大きい。優佑がストーカー呼ばわりされ、梢の勤め先の店を出禁になっていた事実を踏まえると、逆上して犯行に及んだと疑われても仕方ないだろう。

だが、優佑の言う通りで、自分でやるつもりならわざわざ大金を払ってウチに依頼する必要はない。尤も、こんなことは警察相手には口が裂けても言えないので、今は優佑が犯人ではないという確たる証拠を見つけ、警察に突きつけるしかない。

真犯人の正体を暴かない限り、今回の依頼は完遂不可能――

難易度が一気に跳ね上がった案件にため息をつきつつ、エリスはスマホの連絡先画面を開いた。

2

重要参考人、というのは非常に危うい立場である。事件について深く関与している、または重要な情報を持っていると考えられる人物だが、捜査状況によってはいつでも被疑者となりうる。もちろん警察の呼び出しに応じるかは任意だが、ひとたび被疑者となれば、取り調べ後にそのまま逮捕されてしまう可能性だってあるのだ。

面会終了後、警察はいったん優佑の身柄を解放した。優佑本人が認識しているかどうかは知らないが、ここからは時間との勝負である。

まずは腹を割って、面会室で話せなかった事件前後の状況を、本人の口から直接聞いておく必要があるだろう。

面会の翌日、エリスは早速、優佑のアパートに向かった。オートロックもない学生向けの木造二階建てアパートで、一階につき三つずつ、外からは全部で六つのドアが見える。一階、一番手前の部屋が大家のものらしい。

一階、中央の部屋のインターホンを鳴らすと、中から今にも死にそうな顔をした優佑が顔を出した。

「友人から聞いたんですが、大学にもマスコミが来はじめたみたいです。おかげで授業にも出られなくて」

部屋着姿の優佑は辺りを見渡すと、素早くエリスを中に通した。

散らかったワンルームで、優佑は床に落ちている物を壁に寄せながらテーブル前にスペースを作った。優佑が麦茶を出してきたところで、エリスは口を開いた。

「単刀直入に聞くけど。事件当日に被害者の家を双眼鏡で覗いてた件、警察には何て説明したの？」

「余計なことは喋ってないですよ。『お店を出禁になってしまったので、貸していたお金を返してもらえるタイミングがないか窺っていた』って答えただけで」

エリスはじっとりとした目で優佑を睨みつけた。

「それで、本当のところはどうなの？」

優佑が気まずそうに目を逸らした。エリスは視線を外さず、諭すように続ける。

「この期に及んでまだ隠し事をするなら、守れるものも守れなくなるわよ。本当は何で覗いてたの？」

優佑はびくり、と肩を震わせると、消え入りそうな声で呟いた。

「……ちゃんと仕事をしてもらえるか不安だったんです。『合法復讐屋』なんて、頼んだことなかったので。だから、依頼日から事件が起こるまでの一週間の間、毎日二十一時半ぐらいにマンションの近くに行って、梢の部屋を見張ってたんです」

何となく予想はしていたが——要するに優佑は依頼をしておきながら、エリスのことを全く信じていなかったということになる。

エリスは嘆息すると、呆れたように肩を竦めた。

「今更言っても仕方ないことだけど。そんなにアングラ稼業が信用できないなら、最初から依頼なんてしないことね」

「……はい。すみませんでした」

優佑が泣きそうな顔で俯いた。

とはいえ、これで逆に優佑が犯人でない確信が深まったのも事実だ。悲鳴が上がる前ならともかく、悲鳴が上がり、一刻も早く逃げなければならないタイミングで悠長に双眼鏡で覗いているというのは、強盗犯の行動としても不自然である。この辺りの矛盾も、警察が優佑を被疑者に格上げしない理由の一つなのだろう。

エリスは気を取り直して、優佑から見た事件関係者の印象を尋ねてみた。

「まずは第一発見者の二人ね。梢さんの今の彼氏で、二宮海斗って医学部の子だけど……アンタと大学が一緒よね。面識はあったの？」

「こっちが一方的に知ってる感じですね。二宮くんのほうは、僕のことなんて認識すらしてないと思います」

エリスが眉を上げると、優佑は言い訳がましく続けた。

「二宮くんは目立つので、学内でも有名なんですよ。ご両親が医者のお坊ちゃんで、成績も優秀で。顔もカッコいいし、女子からも凄く人気があります」

自嘲気味に笑うと、優佑は目を伏せた。

「そんな人が梢の新しい彼氏であること自体は、別に悔しいとも思いませんよ。僕が女性でも、普通に二宮くんを選ぶと思います」

さすがに自虐が過ぎる気もするが、励ましてやる時間もない。エリスはさっさと次の質問に移った。

「もう一人が、ホワイトレディの同僚の影山笑里さんね。アンタも店で見たことあると思うけど」

優佑はかぶりを振った。

「影山さんなら、店以外でも面識はありますよ。彼女も青教大学の学生なので」

ガールズバーでバイトをしつつ大学にも通っているとは、なかなか逞しい女性である。エリスは手で続きを促した。

「影山さんは文学部で、心理学科だったかな。商学部との共通授業で一緒だったんですけど、レポートの範囲を聞きそびれた時に教えてくれたんです。以来、キャンパス内で会ったら軽く会釈ぐらいはしてます」

「なるほど。ちなみに、アンタと梢さんが付き合ってたこと、彼女は知ってた？」

「さぁ……僕からは何も。梢は話してたかもしれませんが」

最後に、隣人の槙村だ。こちらは予想通りで、優佑は頻《しき》りに首を捻っていた。

「梢の部屋に行ったのは数回だけなので、わからないです。表札で何となく名前は知ってますが、男か女かも知らないレベルですね」


大体の話を聞き終わったところで、エリスは優佑の部屋を出た。風にでも飛ばされてきたのか、ドアのすぐ外の足元に大きな木の枝が落ちている。

優佑はしゃがんで枝を拾い上げると、近くの茂みに放った。

「一階なので、よく部屋の前に物が落ちてるんです。この時期だと、木の葉だったりどんぐりだったり。最近だと、工具なんかの大物もありましたね。誰かの忘れ物だと思ったので、大家さんの部屋の窓枠に置いておきましたけど」

優佑はアパートの敷地入口までエリスを見送ると、深々と頭を下げた。

夜になると、エリスは秋葉原のガールズバー『ホワイトレディ』に向かった。小野寺梢の勤務先であり——現在のエリスのアルバイト先でもある。

最初に優佑の依頼を受けた時から、エリスは即座に動き出していた。ターゲットの梢は基本的にアルバイトで生計を立てているため、他のコミュニティ経由で接点を持つことが難しい。

そのため、エリスは一週間前から既にホワイトレディのキャストとして店で体験入店を開始していたのである。梢と笑里は、エリスの同僚とも言えるわけだ。

ホワイトレディは秋葉原という立地にありながら、メイド系ではない、お姉さん系のガールズバーという独自コンセプトを売りにしていた。とはいえ、スタッフはほぼ全員が二十五歳以下で、エリスとしては化粧で誤魔化してもギリギリのところである。

シフト開始の三十分前にバックヤードに入ると、事務室で店長が何やら真剣な顔でパソコンを見つめていた。ただならぬ雰囲気に、エリスは背後からそっと話しかける。

「どうしたんですか、店長。何だか元気ないですね」

「あぁ、エリスちゃんか。いや何、梢ちゃんの件で最近、毎日のように警察が来ててね。そのせいか、ここ二、三日の売上が壊滅的なんだよ」

店長は画面を見ながらため息をついた。確かに、梢の事件の翌日から、売上グラフが急降下している。

事件の前に店に潜入できたのは幸運だったと言えるだろう。事件後だったら、とてもアルバイトなど募集していなかったに違いない。

店長は振り返ると、粘着質な目でエリスを見つめてきた。

「体験じゃなくて、本入店したくなったらいつでも言ってね。エリスちゃんなら、ナンバーワンも十分狙えると思うよ」

エリスは愛想笑いを浮かべると、「実は」と話題を切り替えた。

「私も警察の人に聞かれたんです。最近の梢ちゃんに何か変わった様子はなかったかって。自分は体験入店中だからよくわからない、って答えておきましたけど」

店長はほっとしたように頷いた。

「それでいいよ。余計なことを言っても、長居されるだけで迷惑だ」

含みのある言い方に、エリスは甘えるような声で畳みかけた。

「さては店長、何か知ってますね？　私にだけ、教えてくださいよ。教えてくれたら、本入店してあげます」

店長は冗談めかした言い方に相好を崩すと、小声で呟いた。

「三週間前ぐらいだったかなぁ。梢ちゃんと彼氏が、店の裏で大喧嘩《おおげんか》してたんだよ。痴話喧嘩にしては深刻な雰囲気だったから、よく覚えてる」

「彼氏って……出禁になった人？」

「違う違う、イケメンのほう。医学部とか言ってた」

恐らく二宮のことだろう。もう少し話を聞きたいところだが、そろそろドレスに着替えないと、勤務時間が始まってしまう。

エリスは店長に会釈すると、笑顔で事務室を後にした。

勤務時間の開始と同時に、エリスはカウンター内の所定の位置に躍り出た。ミラーボールのどぎつい明かりが煌《きら》めく中、既に盛り上がっている学生らしき三人組の集団に近づき、ドリンクのオーダーを聞いていく。馬鹿笑いをしていた三人は、楽しそうにこちらに話しかけてきた。

「え、何かマジで綺麗なお姉さん出てきたんだけど！　新人さん？」

「はい。エリスっていいます。次はぜひ、ご指名お願いしますね」

「いいよー、するするー」「お前、そんな金あんのかよー」などという酔っ払いの戯《たわ》言《ごと》を聞き流しながら、エリスは注意深く店内を観察していた。

この店は土地柄か単価も安く、客層もスタッフと同年代の若者が多い。青教大学の学生も飲み会がてらよく遊びに来ているので、大学の知り合い同士がキャストと客として鉢合わせる、なんてこともよくある笑い話らしい。

エリスはカウンター内、反対側にいる女性を見やった。黒髪ロングのストレートヘアーと大きな目が可愛らしい、店の人気ナンバーツー——影山笑里だ。

優佑によると、彼女も青教大学の学生のはずだった。笑里はお嬢様のような上品な笑みを浮かべながら、客のドリンクをマドラーで混ぜてやっている。

続けてエリスはソファー席に出ている他のキャストたちに目をやった。入店初日から思っていたことだが、どうもこのお店自体がきな臭い。髭面《ひげづら》の店長は明らかに堅気の雰囲気じゃないし、キャストたちの入れ替わりも異様に激しい。

何より怪しいのは——キャストの年齢が若過ぎることだろう。もちろん皆、書類上は十八歳以上という設定になっているが、控室の会話を聞いていても、明らかに何人かは中高生と思しき子どもたちが働いている。いくらメイクと化粧で見た目は誤魔化せても、中身のあどけなさは隠せないものだ。

酒を作り、会話を盛り上げ、忙しくカウンター内を動き回っているうちに、早くも今日のシフト上がりの時間になった。エリスが控室に戻ると、先に上がった笑里はドレス姿のまま長椅子に座っている。

エリスは笑里の肩に手をやると、柔らかな声で話しかけた。

「お疲れ様。梢ちゃんの件、聞いたよ。笑里ちゃんも大変だったね」

「うん……ありがとう、エリスさん。何だかまだ信じられなくて」

笑里が悼むように目を伏せた。黒髪が肩から落ち、笑里の顔の横に垂れる。

「笑里ちゃん、特に梢ちゃんと仲が良かったもんね。あまり気を落とさないでね」

エリスの言葉に、笑里が顔を上げた。目元に微かに涙が滲んでいる。

笑里は持っていたハンカチを目に当てると、上目遣いで洟をすすった。

「……エリスさん。この後ちょっと時間あるかな。頭の中がぐちゃぐちゃで、少し吐き出させてほしくて」

こちらから誘おうと思っていたのに、願ってもないチャンスである。エリスは「もちろんよ」と頷くと、ぽんぽん、と笑里の頭を撫でた。


ホワイトレディの近くのファミレスで、エリスは笑里と向かい合って座っていた。エリスは紅茶だけを注文したが、笑里はチョコレートパフェにドリンクバーと、夜も遅いのに結構な食欲である。

笑里はパフェを一口頬張ると、幸せそうな笑みを浮かべた。何となく微笑ましい気分で見つめていると、笑里の表情が俄《にわ》かに曇り始めた。

「……うん、やっぱりダメだね、こればっかりは。甘いものじゃ回復しないや」

笑里はかぶりを振ると、スプーンを置いた。

エリスは静かに、次の言葉を待った。

「我ながら嫌な人間だと思うんだけどね。梢ちゃんが亡くなったのはショックだけど、どこか納得してる部分もあって」

「……納得って、どういうこと?」

笑里はふう、っとため息をついた。

「亡くなった人を悪く言うのは良くないけど……梢ちゃんって実際、あまり良い人ではなかったから」

エリスは言葉を選びながら応じた。

「確かに、他人に対して少し攻撃的なところがあったよね。人気ナンバーワンだし、色々と悩みもあったんだろうけど」

「エリスさん、大人だね。私はとてもそんな風に割り切れない。まして梢ちゃん、表と裏で言ってることが全然違うんだもん。さすが元女優、って感じで」

笑里は大きな目を潤ませた。

「梢ちゃんって、女優さんだったの？　初耳なんだけど」

エリスがわざと驚いたような顔をすると、笑里は小さく手を振った。

「女優って言っても、アマチュアのだよ。本人も『才能がなくて諦めた』って言ってたし。最初はそのために上京してきてたんだって。劇団にも入ってたけど、すぐに辞めちゃって……それで、うちの店で働き始めたんだって」

「大変だったのね、彼女も」

てっきり、まんまと騙された優佑のほうがウブすぎたのかと思っていたが、案外、梢も演技派だったのかもしれない。

梢に対する悪口を否定しなかったからか、笑里は更に饒舌になった。

「それに梢ちゃん、平気で『おばあちゃんが入院することになった』とか嘘ついて、お客さんからお金巻き上げたりしてたし……正直、恨んでいる人は多かったと思う」

エリスが黙ったままでいると、笑里は慌てた様子で顔の前で手を振った。

「ごめんね、こんな話聞かされても困るよね。フォローするわけじゃないけど、もちろん梢ちゃんにも良いところはあったんだよ。後輩の面倒見が良くて、よく新人の子をスカウトして紹介入店させてたから、店長はありがたがってたし……」

梢に対する不満を吐き出せて気が済んだのか、笑里の表情は来た時よりも明るくなっていた。続けてエリスは、話題を笑里本人に移す。

「笑里ちゃんはどうしてあの店で働いてるの？　学費のためとか？」

「ううん、それは親が出してくれてるし、生活に困ってるってわけじゃないよ。別にどこでも良かったんだけど、短時間で稼げるバイトのほうが効率いいし……何よりこの職場、人間観察ができて面白いから。だから続けてるところがあるかな」

いたずらっ子のようにはにかむと、笑里は再びパフェにスプーンを伸ばした。

「たまに知り合いが来た時はリアクションに困るけど、それも含めて面白いよ。梢ちゃんの彼氏もよく来てくれたから、仲が良いし」

「聞いたことある。元彼が吉田さんで、今彼が二宮さん、だっけ」

「そう、吉田くんと二宮くん。特に二宮くんは、医学部いちのイケメンなんだよ」

笑里がスマホの写真を見せてきた。梢と二宮の店でのツーショットを、笑里が撮影してやったものらしい。

この男が店のＶＩＰルームに入っていく姿は、エリスも何度か見たことがある気がした。二宮は優佑とは真逆の雰囲気の青年で、薄い茶髪のソフトモヒカンと色黒の肌は雄っぽい力強さがある。はっきりした二重瞼と鼻筋も、イケメンというよりどこか男前なオーラがあった。

「ホントだ。カッコいいね」とエリスが返すと、笑里は声のトーンを落とした。

「実際、梢ちゃんがずっと付き合ってたのは二宮くんのほうで、吉田くんは二股相手というか、キープでしかなかったんだよね、可哀そうだけど。二宮くんは店の常連さんだけど、吉田くんは週に一回来るのがやっとって感じだったし……最後は梢ちゃんに付きまとってたみたいだし、ストーカーっぽくて怖かったかな」

率直な印象を語ると、笑里はコーヒーを一口飲んだ。エリスは思い切って別方向に鎌をかけてみる。

「それなら、その吉田って人が、梢ちゃんを殺した犯人なんじゃない？　ストーカーの一方的な好意が高じて……なんて、よくある話だし」

「うーん……怪しいとは思うよ。でも吉田くん、そんなことする人には見えなかったけどなぁ。ちょっと挙動不審なとこはあるけど、授業も一緒で、優しかったし」

笑里はチョコレートパフェの最後の一口を口に放り込むと、首を傾げた。

「っていうか、さっきからエリスさん、探偵みたいだね。推理モノ、好きなの？」

突然の指摘に少々面食らったが、エリスはやんわりと流した。

「えぇ、推理小説なんかはよく読むけど」

笑里は「ふぅん」と面白がるような笑みを浮かべると、唇に人差し指を当てた。

「それなら、エリスさんには特別に教えちゃおっかな。事件当日の話」

笑里は左右に人差し指を振ると、得意げに話し始めた。

「あの日は二宮くんと私の二人で、梢ちゃんの部屋に映画を見に行く約束をしてたの。私のシフトが終わって、駅に着いたのが二十二時前ぐらいだったかなぁ。二宮くんと待ち合わせて、一緒に梢ちゃんの家に向かって」

現場の状況を思い描きながら、エリスは頷いた。

「マンションに着いたら、二宮くんがオートロックのドアを開けてくれて。梢ちゃんの部屋の前に着いたら、中から物が落ちるような音と、梢ちゃんの悲鳴が聞こえてきたの。泥棒かと思って、もうびっくりしちゃって」

笑里の声が僅かに震えた。気を落ち着かせるように一度息を吐いてから、笑里は再び口を開いた。

「危ないからって、二宮くんが先に部屋に入ってくれてね。私は部屋の外で、いつでも通報できるようにスマホを構えてた。そしたら、今度は二宮くんの悲鳴が聞こえてきて……呼ばれて中に入ったら、梢ちゃんがリビングで血まみれで倒れてて」

笑里はテーブルの上でぎゅっと拳を握ると、顔を上げた。

「怖いからちゃんとは見てなかったけど、二宮くんが脈を取ってて、もう息がないって。それで慌てて警察に連絡しようとしたんだけど、よく考えたら駅前に交番があったのを思い出して。直接行ったほうが早いと思って、走っていったの」

大人しそうに見えて、なかなか機転の利く子である。確かにあの距離であれば、通報するより走ったほうが絶対に早いだろう。

笑里の証言は、ケンから聞いていた情報と比べてみても矛盾はなかった。笑里はにこにこと微笑むと、軽い調子で続けた。

「エリスさん、他に何か聞きたいことある？」

さっきから妙に協力的なのは、前半でじっくり話を聞いてもらったお礼のつもりだろうか。エリスはにっこりと笑みを返すと、当たり障りのない質問を繰り出した。

「笑里ちゃんから見て、怪しい人っている？」

笑里ははたと黙り込んでしまったが、やがて静かに口を開いた。

「もちろん、一番怪しいのは吉田くんだと思うけど……個人的には、梢ちゃんの隣の家に住んでる人も怪しいと思う。梢ちゃん家には何回か行ったことあるんだけど、行く度に壁を叩いてきて。そんなに騒いでないのにああいうことしてくるって、ちょっと神経質すぎる気がするんだよね」

隣人の槙村の名前を挙げると、笑里はスマホをいじり始めた。エリスが訝しがっていると、笑里はずいっとこちらに向かって画面を向けてきた。

「それとこれ、二宮くんの連絡先ね。エリスさん、知りたかったんでしょ？」

何とも至れり尽くせりな、頭の回転の速い子である。エリスは苦笑しつつ、素直に二宮の連絡先をスマホに登録した。

3

翌日、エリスは二宮と青教大学のキャンパス内で待ち合わせていた。

二宮は体験入店のエリスと直接の面識はないはずだが、店内にいる時に顔を覚えられている可能性はある。不本意ながら男性モードで、週刊誌の記者の振りをして連絡を取ったところ、二宮は取材を快諾してきた。

エリスは適当なカフェにでも入ろうと思っていたが、二宮は大学のキャンパスを指定してきたので、こうしてやって来たのである。

まだ授業中なのか、青教大学の中庭は人もまばらだった。校舎に囲まれた四角いスペースにところどころ置いてあるベンチにも、ほとんど人がいない。

しばらく待っていると、辺りにチャイムが鳴り響いた。授業が終わったのか、学生たちが続々とレンガ造りの校舎から出てくる。エリスは集団の中に二宮を見つけると、小走りで近づいていった。

「初めまして。私、週刊SMASHの片桐と申します」

エリスが名刺を見せると、二宮は「あぁ」と頷いた。二宮は立ち止まらず、そのまま近くの自販機に歩いていく。

「すみません、先に飲み物だけ買わせてもらえますか。切らしてて」

エリスは財布を出そうとしていた二宮を手で制した。

「いえ、これぐらいは出させてください。取材をさせていただくんですから」

「いいんですか？　じゃ、ごちそうになります」

二宮はボトル型缶コーヒーのボタンを押すと、缶を取り出し口から拾い上げた。そのまま暖を取るように缶を両手で包み、少年のような笑みを浮かべている。

「このシリーズのブラックが好きで、毎日飲んでるんです」

無邪気なセリフは、見た目の雄々しさとは良い意味でギャップがあった。なるほど、この顔で更に医学部となれば、確かに女性にはモテそうである。

二宮はエリスを中庭の端、人通りの少ない道沿いにあるベンチに誘った。並んで座るのは少々喋りづらいが、この際仕方ない。

エリスはメモ帳を取り出すと、二宮に向かって頭を下げた。

「この度はご協力いただきましてどうもありがとうございます。事件からまだ五日とお辛い時期なのに、申し訳ございません」

二宮は一瞬、虚を衝かれたような顔をすると、頭を掻いた。

「……すみません。取材を申し込んできた人で、そんなこと言う人、いなかったんで。正直ちょっと驚いてます」

「ええ、記者といってもピンキリです。一部の雑誌では、必要以上にセンセーショナルな表現を使って小野寺梢さんの名誉を不当に貶めたりしていますが、私どもはそのような編集方針ではありませんので、ご安心ください」

「助かります。あることないこと書かれて、本当に不愉快だったので」

エリスは頷くと、心底申し訳なさそうな表情を作った。

「とはいえ、失礼な質問も多少はあるかと思いますので、その点はご了承ください」

「まぁ仕方ないです。事件が事件ですからね」

最初は警戒心を孕んでいた二宮の雰囲気も、幾分和らいでいる。関係構築は上々、といったところだろう。

エリスは早速、小野寺梢関連の質問を切り出した。

「殺された小野寺梢さんはあなたの恋人だったそうですね。警察の調べでは、小野寺さんにはもう一人、お付き合いされていた方がいたそうですが、ご存知でしたか」

「ええ、俺も警察で聞きました。吉田って人ですよね。全然知らなかったです。梢に二股をかけられていたなんて、ショックで……信じられなくて」

二宮は苦虫をかみつぶしたような表情で答えた。エリスは辺りを見渡すと、内緒話をするように声を潜めた。

「とある筋からの情報によると、あなたは現場から走って逃げる吉田さんを目撃されたとか。その時の様子はいかがでしたか」

二宮の表情が一気に強張った。怯えている、というより、警察しか知らないはずの情報を一介の雑誌記者が握っていたことに、素直に驚いているように見えた。

「そりゃ、怪しかったに決まってますよ。やましいことがなきゃ、逃げる必要なんてないでしょう」

二宮は語気を強めると、ふてくされたように足を組み直した。続けてエリスは笑里の時と同様に、現時点で優佑以外に怪しいと思う人物がいるかどうか、尋ねてみた。

二宮はしばらく考え込んでいたが、やがて言いにくそうに答えた。

「強いて言うなら、ホワイトレディの影山さんかなぁ。普段は笑里ちゃんって呼んでるんで、そう呼ばせてもらいますけど——あの店は指名争いがかなりシビアで、梢は笑里ちゃんを指名していた客を横取りしたり、笑里ちゃんの悪い噂を流したりと、見ようによっては嫌がらせとも取れるような真似をしてたんです」

笑里が言っていた、『梢ちゃん、表と裏で言ってることが全然違うんだもん』というのは、恐らくこのことだろう。自分がナンバーワンでい続けるために、梢は他者に対して容赦のない妨害行為を行っていたわけだ。

二宮は呆れたようにため息をついた。

「俺も『そういうのはみっともないからやめろ』って、何度も言ったんですけどね。梢は頑固だから聞かなくて。だからまぁ……笑里ちゃんとか、店のキャストの子たちが梢を恨んでいた可能性は、ゼロではないと思います」

エリスが黙ってメモを取っていると、二宮は早口で続けた。

「色々言いましたけど、本当に『強いて言うなら』ですよ。笑里ちゃんは基本的に良い子ですから。俺が梢のわがままで悩んでいた時も、話を聞いてくれたし」

黙って頷くエリスに、二宮は更に語気を強めた。

「大体、梢も近頃は何だかおかしかったんですよ。元々、小難しいことが大嫌いで、今が楽しければそれで良いってタイプだったのに。最近じゃ何の影響なのか、理屈っぽいことばかり言ってきて……正直、喧嘩になることも多かったです」

エリスは考え込むように顎に手を当てた。

「何だか人間関係が複雑ですので、図にしておきましょうか。もちろん、皆さんのお名前は紙面では適当にイニシャルにさせていただきますが」

エリスはサイコロの四の目の配置で楕円《だえん》を書くと、上二つに左から「二宮海斗」「小野寺梢」と記入した。ペンを手渡すと、二宮は微かに首を傾げた。

「別に全然、複雑な話じゃないですよ。俺と梢が恋人同士で、笑里ちゃんは二人の共通の友人で」

二宮は上二つの楕円を二重線で繋ぐと、左下の楕円に「影山笑里」と書き足した。笑里から上二つに向かって矢印を引き、脇に小さな文字で「友人」と記入し、右下、余った楕円には「吉田優佑」と書き入れた。

「で、この吉田って人が、梢のもう一人の彼氏さんです。笑里ちゃんと吉田が知り合いかどうかは、俺にはわからないですけど」

書き終わると、二宮はペンとメモをエリスに返してきた。エリスが目礼したところで、前の道を歩いていた男子学生が二宮に声をかけてきた。

「ニノ！　こないだは割引券、さんきゅな！　楽しかったからまた行くわ！」

いかにも体育会系っぽい、ガタイの良い学生だった。学生は歯を見せて笑うと、手を振りながら去っていく。

エリスが不思議そうな顔をしたのに気付いたのか、二宮は言い訳がましく呟いた。

「梢が働いてたので、その……少しでも売上になればと思って。結構、友達にホワイトレディを勧めてたんですよね。割引券もたくさん持ってたし」

チャラそうな見た目に反して、なかなか健気《けなげ》な男である。エリスは二宮に取材の礼を述べると、青教大学のキャンパスを後にした。

最後に、エリスは隣人女性の槙村に話を聞くべく、梢のマンションに向かっていた。

彼女だけは間接的な接点もないため、直接話をするしかない。

槙村の周辺情報はほぼないが、笑里曰《いわ》く「神経質」とのことなので、なるべく信用力のありそうな職業を名乗ったほうが良さそうである。今回は雑誌記者ではなく、優佑の顧問弁護士という体の男性モードで訪問することにした。

改めて梢のマンションの前に立つと、五日前の場面がまるで走馬灯のように思い出された。あの時と今では状況が何から何まで、全てが違ってしまっている。

エリスは気合を入れ直すように深呼吸をすると、二〇四号室——槙村祥子の家のインターホンを鳴らした。

「初めまして。私、弁護士の衿須と申します。小野寺梢さんの事件についてお伺いしたいことがあるのですが、お時間をいただくことは可能でしょうか」

「……どうぞ」

槙村は存外すんなりオートロックを解錠してくれた。何だか不用心な気もするが、フリーのイラストレーターというぐらいだから、部屋は自宅というより仕事場という意識なのかもしれない。

エリスはエレベーターで二階に上がると、廊下の奥、二〇五号室に目をやった。今はテープでしっかりと封鎖されており、不用意に忍び込めるような雰囲気ではない。

梢の部屋に入って調べることができれば、更に多くの事実がわかるはずだった。しかし、当然ながらエリスにそんな権限があるはずもない。

目の前にある最大のヒントに手を伸ばせない状況に、エリスは思わず歯噛みした。

改めて二〇四号室を見てみると、ドアは金属製ではなく木製で、洒落《しゃれ》た雰囲気を醸していた。このマンションは女性の入居者が多いらしいし、こういった細かな拘りも人気の理由の一つなのだろう。

インターホンを鳴らすと、中から上下ジャージのような恰好の女性が出てきた。恐らく彼女が、槙村祥子だ。

槙村はカチューシャで前髪を上げ、眼鏡をかけていた。年齢は三十代ぐらいだろうか、首からヘッドフォンを提げ、胡散臭《うさんくさ》そうな目でこちらを見つめている。

エリスは早速、槙村に名刺を手渡した。

「お忙しいところ大変申し訳ございません。手短に済ませますので、お話お聞かせいただけましたら幸いです」

槙村は名刺を受け取ると「……ここでいい？」と尋ねてきた。

「中、散らかってるから。悪いけど、ここでお願い」

部屋に向かって親指を向けると、槙村はぶっきらぼうに答えた。どうせなら室内を見たい気持ちはあるが、ここで臍《へそ》を曲げられても困る。

エリスは柔和な笑みを浮かべた。

「ええ、もちろん立ち話で構いません。ほんの五分、十分程度ですので」

低姿勢な態度が意外だったのか、槙村はばつが悪そうに呟いた。

「悪いわね。聞かれたことにはちゃんと答えるから」

エリスは早速、事件当日の様子の確認から始めた。

「小野寺梢さんの悲鳴が上がったのは二十二時頃とのことですが、時刻に間違いはないでしょうか」

「ええ。ちょうどスピーカーで二十二時スタートのラジオを聞き始めたところだったから、間違いないわね」

記憶を辿るように視線を斜めに彷徨わせると、槙村は頷いた。

「それから確か……ドアの外で誰かが騒いでる声が聞こえたけど、怖かったからすぐには外に出なかったわ。その後、何度かドアが閉まる音がして、バタバタと階段を下りていく音がして、その後は一気に静かになったの」

槙村はいつの間にかサンダルを履くと、ドアの外に出てきていた。二〇四号室から二〇五号室のテープギリギリのところに向かうと、こちらを振り返った。

「静かになったタイミングで外に出て、ここ、小野寺さん家の前まで来てみた。中には入らずドアの前で立ってたら、そのうちに警察の人と、学生みたいな男の子と女の子がこっちに向かって走ってきた。……うん、そんな感じね」

槙村は頷くと、「他に何かある？」と聞き返してきた。

今の説明も、ケンから聞いた情報と照らし合わせて矛盾する点は特になかった。エリスは目礼すると、質問を切り替えた。

「被害者の小野寺さんとあなたとの間で、何かトラブルはありましたか」

幾分直接的な問いに、槙村はあからさまにむっとした表情になった。

「隣人っていっても、絡みなんてほとんどなかったわよ。見かけたら軽く挨拶する程度。毎日きちんとお化粧してるから、綺麗な子だなぁとは思ってたけど」

エリスは余裕たっぷりに相槌を打った。

「なるほど。実は別の住人の方から、小野寺さんは生活音に無頓着なタイプだったという話を伺ってるんですが、そうお感じになったことはありますか」

「別の住人」というのは当然嘘だが、槙村が俄かに顔を上げた。他にも迷惑している人間がいることに勢いづいたのか、槙村は語気を強めた。

「うるさいと思ってた人、他にもいたわよね？　私だけじゃないわよね？」

エリスが頷くと、槙村は思い出したようにはぁ、と大きく息を吐いた。

「小野寺さん、普段から遅い時間に大音量で音楽を流してたのよ。夜中に友達が来て、朝までずっと騒いでたこともあったし……一応、何回か手紙で注意はしたんだけど、いい迷惑だったわ。おかげでこっちは毎日、ノイズキャンセリングヘッドフォンを着けながら作業するまでになってたんだから」

耳栓が必要というのは相当なレベルである。笑里は「神経質」と一笑に付していたが、案外、槙村のほうが普通の感覚の持ち主だったのかもしれない。

槙村は首元のヘッドフォンを指さすと、得意げに続けた。

「今時の防音機能って凄いのよ。事件の時の悲鳴も、ヘッドフォンをしてたら気付かなかったかもしれないわね」

話がオーディオ談義に脱線する気配を感じて、エリスは慌てて話題を戻した。

「他に何か気付いたことはありますか。どんな些細なことでも結構です」

槙村は顎に手を当てたまま、じっくりと考え込んでしまった。やがて何かを思い出したのか、ぽん、と手を叩いて頷いた。

「そうそう。事件が起こる三時間ぐらい前だと思うけど。彼氏くんが一度、部屋に来たはずよ。話し声が聞こえたもの」

先ほどの取材の時は、二宮はそんなことは言っていなかったはずだ。エリスは素早くメモを取ると、全員に聞いていた共通の質問を繰り出した。

「槙村さんから見て、怪しいと思う人物はいましたか」

「なんか、ストーカーがいたんでしょ？ 怪しさならそいつが一番だと思うけど」

槙村は伸びをすると、自分の部屋に向かって歩いていった。

「それか、彼氏くんじゃない？ うまくいってなかった可能性もあるわよ。部屋で喧嘩してる声、何回か聞いたことあるし」

振り向きざまにそう答えると、槙村は「じゃ、この辺でね」と言い残してドアを閉めてしまった。


事務所に戻ると、メープルがすぐに紅茶を淹れてくれた。ここ数日間は毎日出ずっぱりで、久しぶりにここに戻ってこられた気がする。

ソファーに背中を預けながら、エリスは思わずため息をついた。

関係者三人に話は聞けたものの、基本的には皆、第一容疑者として優佑を疑っている。次に疑わしいと思う人物は皆バラバラで、笑里は槙村を、槙村は二宮を、二宮は笑里を疑っていることになる。完全なる三すくみで、決め手に欠ける状況だった。

「ボス。顔色があまり良くないですが、少し休んだほうが良いのでは？」

メープルが心配そうな目でこちらを見つめている。考えてみれば、この件についてはエリスが単独で動いていて、秘書に頼ったことはほとんどなかった。

小学四年生を心配させてしまった自身のキャパシティに苦笑しつつ、エリスは一口紅茶を飲んだ。新しい茶葉なのか、ふわり、とリンゴのような香りが執務室に舞う。

穏やかな香りに包まれているうちに、少しは気分も落ち着いてきた。

確かに、今の自分は集中力を欠いている。情報は多くあるはずなのに、それを整理してまとめきれていない。いくらこの事件が時間との戦いとはいえ、これでは解けるものも解けないだろう。

「メープル。アンタの意見を聞かせてくれる？」

エリスはメープルをソファーに座らせると、現在の状況をかいつまんで説明した。

メープルは黙って聞いていたが、時折、不思議そうな表情で考え込んでいる。

話が終わり、執務室に沈黙が訪れた。何か斬新な視点の意見が出てくるかと思いきや──秘書が発したのは至って根本的な、素朴な疑問だった。

「そもそも、吉田さんはどうしてうちに依頼をしようと思ったんでしょう」

メープルはティーカップを持ったまま首を傾げた。

「梢さんに好意を抱いてからのアプローチといい、依頼時の様子といい、吉田さんはこれと決めたものに対して一途な印象があります。その彼が、熟慮の末にうちの扉を叩いたにも拘わらず、いざ依頼が成立してからは不安になって毎日様子を見に行っていた。行動に一貫性が感じられません」

確かに、言われてみればそうだ。

人が、一度決めたことに不安を持つ時。それは——

エリスはスマホを取り出すと、優佑に電話をかけた。数回のコール音の後、「もしもし」と応答した優佑に、エリスは一切の前置きなく問いかけた。

「ねぇ。ひょっとしてアンタ、誰かの紹介でウチへの依頼を決めた？」

「……え？　いきなり何の話ですか」

そう。人が一度決めたことに不安を持つのは——自分で選択肢を吟味していない時だ。与えられたものを何となく受け入れてしまうと、その結果を引き受けることが不安になり、後になって慌てることになる。

エリスは電話をスピーカーモードに切り替えると、応接テーブルの中央に置いた。明らかに困惑している優佑の声が執務室に響く。

「紹介というか、カードを見たからです。いつの間にか鞄に入ってたんですよ。大学の授業帰りに気付いたんです」

「大学の授業？」

「ええ、確か……影山さんも受けてた、共通授業の時だったかなぁ。それで検索してみたら、裏メニューを頼んだ人の体験談のページを見つけたんです。あまりにタイミングが良すぎたので、何となく怪しい思いは拭いきれなかったですけど……」

思わずメープルと顔を見合わせた。

ＬＲＥ社のカードは基本的に、エリスが直接手渡すことでしか流通していない。相手の覚悟を見極めたうえで、渡すか否かを決めているのだ。

「そのカード、まだある？　あるなら、表裏の写真を撮って送ってほしいんだけど」

通話が切れ、すぐに写真が二枚、送られてきた。フォントや字体こそ見慣れたものだったが、紙の色はクリーム色ではなく真っ白――つまり、偽物である。

エリスは優佑にメッセージで礼を告げると、送られてきた写真を見つめていた。

胸騒ぎのような嫌な予感がしてきたところで、再びスマホに着信が入る。

今度の発信元は、ケンからだった。

「吉田優佑の弁護士様にご報告だ」

建前を述べると、ケンはこほん、と咳払いをした。

「マンション敷地外の植込みから、持ち主不明のマイナスドライバーが発見された。犯人が窓を割った際に使用し、逃走時に捨てた可能性が高いらしい。部屋のガラスと照合したところ、見事に跡が一致した」

そこまで聞いたところで、背筋に一気に悪寒が走った。この後にケンが言うであろうセリフが容易に想像できる。

エリスは先んじて口を開いた。

「……ドライバーから、吉田優佑の指紋が出たのね」

「あぁ。決定的な証拠だ」

エリスは思わず天を仰いだ。

やられた。

犯人は最初から、吉田優佑に罪を着せるつもりだったのだ。優佑が毎日、同じ時間に梢のマンションを見張りに行っていることを知ったうえで——

エリスは気を落ち着かせるように息を吐くと、努めて冷静に反論した。

「その話、吉田優佑本人からも聞いてるわ。家の前に工具が落ちていたから、誰かの忘れ物だと思って、拾って大家さんの部屋の窓枠に置いたって」

「なるほど。それが本当で、それを別の人物が小野寺のマンションまで持っていったとしても、ドライバーが窓ガラスを割るのに使われたのは事実だな」

「あら。ガラスや窓に指紋が残ってない以上、犯人は手袋をしてたんでしょ？　ドライバーにだけべったり指紋が付いてるなんて、わざとらしいにもほどがあるわよ。警察も、まさかそこまで無能じゃないでしょ？」

一瞬、電話の向こうで息を呑む気配がしたが、ケンは不機嫌さを隠さず続けた。

「確かに、その辺りの矛盾は解決する必要がある。だが、初めて出てきた物的証拠だ。上の承認が下り次第になるが、恐らく明日にでも吉田優佑は取り調べを受ける。重要参考人ではなく、被疑者としてだ」

明確に示されたタイムリミットに、エリスは微かな笑みを浮かべた。

「……そう。それならこっちも、手段を選んでいる場合じゃなさそうね」

エリスはゆっくりと目を瞑ると、顔の前で両手の指を合わせた。

もう迷っている暇はない。ここで自分が諦めてしまったら、依頼人の未来は閉ざされてしまうのだ。

エリスは目を開けると、きっぱりと言い放った。

「弁護士じゃなく『ホワイトレディ』の——小野寺梢の同僚としてお願いするわ。アタシを、梢ちゃんの部屋に入れてちょうだい」

4

「同僚の自分が梢ちゃんの部屋を見れば、何か気付くことがあるかもしれない」

例の如く圧倒的な屁理屈だったが、ケンは渋々ながらも事件現場に立ち入ることを了承してくれた。ここ数日の自分の奔走を知っての計らいだろうが、何だかんだで協力してくれる辺り、やはりケンは甘い。

マンションに到着後、ケンの後ろに続いてエレベーターで二階に上がる。先ほどは歯がゆい思いで見つめるだけだったテープの下を潜ると、隣の槙村の部屋と同じ木製のドアがエリスを待ち構えていた。

ドアを開けると、真っ直ぐな廊下が見えた。部屋の玄関から廊下にかけては特に家具はなく、リビングに繋がる扉も開け放たれている。

前にいたケンが小声で呟いた。

「遺体発見当時も、このドアは開いていたらしい」

ケンは右手前のキッチンには入らず、そのままリビングに入っていった。カーペットの上には身体の形をした線と、付着した血痕がまだ生々しく残っていた。当然、既に遺体は片付けられた後だが、血の匂いがまだ残っているような錯覚がある。

梢の部屋は一般的な一人暮らしの女性と比べると全体的に家具類が高級で、「お金に困っていない」雰囲気が随所に表れていた。

タブレットやノートパソコン、スマートスピーカーなどの電子機器類は一通り棚の上に揃っているし、部屋の隅にはロボット掃除機もある。寝室のクローゼットにはブランドものの鞄や服が大量に仕舞われ、洗面所の化粧品類も高級品ばかりだった。

ガールズバーの給料、プラス、優佑の金で築かれた梢の城に、エリスは思わずため息をついた。

ケンはリビングのドア付近でこちらの様子を窺っていたが、やがて諦めたのか「ここからは独り言だが」と、いつもの前置き付きで、テーブルに写真を並べ始めた。

「遺体発見時、被害者の鞄の中身は遺体の右側、カーペットの上にぶちまけられていた。中身はこれだ」

　ブランドものの手提げバッグのほか、いくつかの小物類の写真だった。財布、スマホ、ハンカチ、ティッシュ、化粧ポーチ、マスク、モバイルバッテリー、ワイヤレスイヤホン。不審な点といえば、財布から金が抜かれているぐらいだろうか。特に不自然な持ち物はない。

「ケンちゃん。事件当日の十九時頃、二宮がこの部屋を訪れてたって話は、警察は把握してる？」

　ケンは手帳を見ながら答えた。

「あぁ。十九時頃、二宮はこの部屋に授業のノートを忘れたので取りに来たらしい。その時は何も被害者に不審な様子はなかったとのことだ」

　ということは、別に二宮は梢宅への訪問を隠していたわけではないらしい。二宮本人の当日の動きについては取材でも尋ねなかったし、特に怪しいとは言えないだろう。

　ケンは仏頂面のまま続けた。

「ちなみにエントランスの防犯カメラにも、十九時頃に出入りする二宮と、二十二時頃に部屋を訪ねてきた時の二宮と影山。交番に向かうため出ていった影山と、戻ってきた時の二宮、影山、警官しか映っていなかった。マンション裏口の階段に監視カメラはないが、部屋の鍵がないと外からは開けることができない仕様だ」

　となると、やはり犯人の侵入経路は窓で間違いないだろう。窓の傍に近づくと、確かに鍵の付近のガラスが三角形に割れている。

恐らく、空き巣がよく使う『三角割り』という手口だろう。窓枠とガラスの間のゴム部分にマイナスドライバーを複数箇所《かしょ》で差し込み、窓を割る方法である。この傷を付けたマイナスドライバーから、優佑の指紋が検出されたのだ。

確かに、全ての状況証拠が「吉田優佑犯人説」を示していた。マイナスドライバーの指紋以上に強力な物的証拠が出なければ、いよいよ優佑が被疑者となり、逮捕状が出てしまう可能性もある。

続けてエリスはベランダに出ていった。既に辺りは真っ暗になっていたが、二宮が優佑を見た、と証言した左手奥、塀の外辺りには街灯があり、今の時間帯でも塀がくっきり見えている。となると、この目撃証言にも特に矛盾はない。

エリスは目を瞑ると、ここに来てから覚えた違和感を脳内で順番に検討していった。

一つは、残された電化製品やブランド品だ。強盗だろうが強盗に見せかけた顔見知りの犯行だろうが、これらの品が全く手つかず状態というのは不自然である。犯人は何故、財布の現金を抜くだけという中途半端な真似をしたのだろうか。

第二に、足跡だ。犯人が外から侵入してきた以上、ベランダや室内に足跡が残っているはずだが――

エリスは目を開けると、ケンに問いかけた。

「この部屋、靴跡や足跡がないわよね。警察はその辺り、どう考えてるの？」

「ベランダへの侵入直前に、外履きの靴の上からシャワーキャップのようなものを被せたんじゃないか、というのが鑑識の見解だ。空き巣ではよくある手口らしい。シャワーキャップ自体はまだ見つかってないが」

なるほど。釈然としないところはあるが、一応の筋は通る。

エリスは再び目を瞑ると、三つ目――最大の疑問の検証にかかった。左腕の前腕と手の甲部分の防御創、プラス、手の甲の肉片が持ち去られた理由である。

遺体の一部を持ち去る猟奇犯は確かに存在するが、その場合は大抵、指や耳などのわかりやすく出っ張っている部分を切り離すことが多い。「手の甲の肉を抉る」という行為には「何らかの証拠を隠滅する意図」があったことは間違いないのだ。

では、その証拠とは一体何だろうか――

エリスが考え込んでいる間にも、ケンは適宜、独り言のような補足情報を挟んでくる。ケンは今度はホワイトレディの店舗について言及し始めた。

「店長に話を聞いたが、あの店自体、どうも経営方針が怪しい。未成年を働かせているんじゃないかという噂もある。残念ながら、そっちはウチの管轄じゃないが」

エリスも薄々気付いていたことだが、いったんは黙っていた。そちらはそちらで直ちに摘発すべき問題だが、まずは優佑の冤罪《えんざい》を晴らすのが先決である。

エリスは室内に戻ると、ゆっくりとテーブルの周りを歩き始めた。サイドボードの上、写真立てに飾ってあった写真が目に入る。

劇団の公演時の写真なのか、梢が舞台の端でピースサインをしていた。衣装もいつもの夜仕事用ではなく、中世ヨーロッパのようなドレスである。

近くの本棚には、公演のフライヤーとDVDが入ったクリアファイルが差し込まれていた。演目は『ジャック・ザ・リッパーの追憶』――劇団オリジナルの脚本らしい。

面白そうなタイトルに興味を惹かれたエリスは、フライヤーのキャスト欄を指で辿っていった。小野寺梢の役は「娼婦《しょうふ》B」――いわゆる脇役である。

「確かに美人だったけど、主役を張れる演技力はなかったのかしらね。娼婦Bなんて、明らかに切り裂きジャックに殺され……」

――殺される役。

瞬間、エリスの脳内に煌めくような光が走った。

エリスはリビングの棚から真っ直ぐに玄関ドアに視線を移すと、力強く頷いた。

ケンが驚いたような様子でこちらを見ているのがわかるが、今は説明している時間がない。エリスは瞬きするのも忘れ、急いでスマホの地図を取り出した。

「ケンちゃん。二宮が優佑を追いかけたっていうルートを教えて」

言うが早いか、ケンは玄関に走っていった。慌てて靴を履いて追いかけると、ケンの背中は瞬く間にマンション裏口の非常階段に吸い込まれていく。

階段を駆け下り、エリスが一階に辿り着いたところで、ケンはようやく振り返った。

「ここからは歩いていくから、ちゃんとついてこい」

非常階段から数メートル先はもうマンションの敷地外だった。塀に沿って歩くケンを追いかけながら、エリスは手元の地図を確認していく。左手にあった塀をT字の短辺とした時、長辺に当たる方向に向かって道路が一本、真っ直ぐに伸びている。

「マイナスドライバーが見つかったっていう植え込みはどこ？」

エリスが尋ねると、ケンはT字の付け根付近に当たる植え込みを指さした。

「ここだ。二宮はここで左に曲がり、ざっと一ブロック分を見回ってからマンション前に戻ってきたことになる」

道路を渡った先には似たようなマンションや一軒家が並んでいた。いわゆる普通の住宅街で、公園やお寺などの大きな施設は特にない。

自販機の前を通りすぎて角を左に曲がり、消火栓の看板を横目に見ながら次の角を左に曲がったところで、左手前方にマンションのエントランスが見えてきた。

通ってきた道に特に不審なものはなかったが、まさか――

エリスは踵を返すと、今来た道を走って戻っていった。後ろからケンが追いかけてくる足音を聞きながら、エリスは曲がり角、自販機のところで立ち止まった。

事件発生から、まだ五日しか経ってない。だとしたら――

エリスは自販機の隣のゴミ箱の蓋を開けると、頭を突っ込んで乱暴に中身を漁り始めた。後ろから「……気でも触れたか？」と引き気味のツッコミが聞こえたが、今はそんなことを気にしている場合ではない。

目当てのものを見つけ出すと、エリスは笑みを浮かべたまま振り返った。

「ケンちゃん。これ、ちょっと調べてほしいんだけど」

5

翌日の午前中、梢の部屋には関係者が雁首《がんくび》を揃えて集まっていた。二宮、笑里、槙村に加え、重要参考人である吉田優佑も、である。

狭い室内で、三人は精一杯優佑から距離を取った場所に立っていた。優佑は項垂れたまま、一言も喋らない。

玄関のドアを開け、エリスとケンは室内に入った。二宮と笑里が目を丸くしているのがわかる。

「エリスさん……と、刑事さん？　どういうこと？　二人は知り合いなの？」

笑里の疑問には答えず、エリスはそっと唇に指を当てた。そのまま場が静まるまで待つと、エリスは厳かに話し始めた。

「結論から言うと、小野寺梢さんを殺害した犯人はこの中にいるわ。アタシは最有力容疑者だった吉田優佑の冤罪を晴らしに来たの」

二宮がそっとケンの傍に近づき、小声で囁いたのが聞こえた。

「刑事さん。素人がこんな好き勝手やって、大丈夫なんですか」

ケンは仏頂面のまま首を横に振る。

「生憎《あいにく》、こいつは素人じゃない。弁護士先生だからな」

その場の空気がぴりっと引き締まった。槙村は状況が呑み込めないのか、さっきから無言でケンとエリスとを交互に見つめている。

エリスは両手に手袋を嵌めると、窓の傍に近づいた。

「小野寺梢を殺害した人物は、窓から侵入してきたものと思われるわ。これを見て」

ガラスが割られた跡を見せると、小さなどよめきの声が上がった。

「窓枠やガラスには指紋は残ってなかったけど、ガラスに傷を付けたと思われるマイナスドライバーがマンション近くの植え込みから発見されたわ。そのドライバーには、そこにいる吉田優佑の指紋がついていた」

皆が一斉に、非難めいた目線を優佑に向けた。エリスはわざとのんびりした調子で続けた。

「でもこれは、犯人が仕掛けた罠だったの。事件が起こる前、彼は自宅の前に落ちていた工具――マイナスドライバーを拾ったそうよ。誰かの忘れ物だと思った彼は、拾ったドライバーを大家さんの部屋の窓枠に置いた。犯人はそのドライバーを持ち去り、窓ガラスを割るのに使った」

皆の表情を確認すると、全員が困惑したように目線を彷徨わせている。

「さて、問題は誰がこれをやったかだけど――当たり前だけど、優佑と面識がない人間には難しいわよね。彼の自宅前に罠を仕掛けなきゃいけないんだから」

二宮が恐る恐る笑里のほうを向く。笑里はびくりと肩を震わせると、「私じゃないです！」と叫んだ。

「確かに、この中で明確に吉田優佑と面識があったのは笑里ちゃんだけね。でも、吉田優佑を知ってるのに知らない振りをしていたヤツがいたとしたら、怪しいと思わない？　ねぇ、二宮さん？」

今度は二宮が肩を震わせた。二宮はエリスを睨みつけていたが、やがて何かに気付いたように驚愕の表情を浮かべた。

「……アンタ、ひょっとして、週刊誌の記者か」

ご明察、とばかりにウィンクすると、エリスは懐から取り出したメモ帳を皆のほうに掲げた。

「取材の時、アンタに人物相関図を書いてくれるよう頼んだわよね。アンタはどうして、吉田くんの下の名前が『ゆうすけ』だと知ってたの？」

二宮は小馬鹿にしたような笑みを浮かべると、ケンに視線をやった。

「そんなの、刑事さんが教えてくれたに決まってる。梢のもう一人の彼氏は吉田優佑だって。アンタだってさっきから、優佑、優佑って連呼してるだろ」

「そうね。でも、アタシが聞きたいのはそこじゃないわ。何でアンタが、吉田優佑のフルネームを漢字で正確に書けたのかってことよ」

二宮が反射的に優佑のほうを見た。どうやら──気付いたようだ。

「吉田優佑の『ゆうすけ』の字は『優しい』に『人偏に右』と書くの。『助ける』や『介護の介』と違って──あまり一般的な漢字とは言い難いわ。なのにアンタはどうして、一発で正しい漢字を書いてくれたのかしら」

二宮は僅かに口元を歪ませたが、吐き捨てるように呟いた。

「……本当のことを言うと、吉田優佑のことは知ってたんだ。梢のスマホをこっそり覗き見たことがあって、変わった字だったから逆に覚えてた。でも、彼女のスマホをチェックしてたなんてカッコ悪くて、言えなかったんだよ」

優佑は二宮を凝視したまま固まっている。エリスは余裕たっぷりに微笑むと、小さい子をあやすような口調で応じた。

「ま、今となってはそう言うしかないわよね。実際、アンタの嘘は決定的なものじゃない。アタシが証明したかったのは『ドライバーの罠の件でアンタを容疑者から外すことはできない』ってことだけ。ここからが、物的証拠タイムよ」

エリスは右腕を前に出すと、皆に見えるよう大きな動作で指を鳴らした。瞬間、

「キャーーーーーーーーーー！！！！！」

室内に、耳をつんざくような悲鳴が響き渡った。

悲鳴の出どころがわからず、慌ててきょろきょろしている四人に向かって、エリス

はにっこりと微笑みかけた。

「今のが、あの夜に聞いた悲鳴の正体よ。後ろをご覧なさい」

四人が振り返った先、棚の上にスマートスピーカーが置かれている。

エリスは本棚にしまってあったフライヤーを皆のほうに向けた。『ジャック・ザ・リッパーの追憶』――梢が劇団に所属していた頃に出演していた舞台である。

「梢さんはこの舞台に『娼婦B』、つまり殺される役として出演していた。DVDを見ればわかるけど、今の悲鳴は劇中のセリフで、録音されたものよ。犯人はその音声を部屋の外から遠隔で、Bluetoothを使ってスマートスピーカーに流した。強盗なんて、最初から存在しなかったのよ」

全員が、疑心暗鬼になったような表情でお互いの様子を窺っている。エリスはぱん、と手を叩いて注目を戻した。

「ちなみにBluetoothの有効範囲は約十メートルよ。壁や木製のドアなんかは貫通するから――言い換えると、玄関の外からも隣の部屋からも悲鳴は流せることになる」

エリスは一度全員と視線を合わせると、テーブルの周りを歩き始めた。

「では、犯人は一体何故こんな回りくどいことをしたのか。答えは簡単。犯行時刻を誤認させるため、よ」

瞬間、笑里が何かに気付いたのか、引きつったような声で叫んだ。

「待って。待って待って。それって……」

「そう。悲鳴が聞こえた時点では、梢さんはまだ生きていたのよ。犯人は真っ先に部屋に入り、彼女が既に死んでいると嘘を伝えた。同行者が交番に走っている間に、悠々と梢さんを殺害し——証拠を隠滅するため外に出て、優佑を追いかけた。そうよね、二宮さん」

射貫《いぬ》くようなエリスの視線の先で、二宮海斗が呆然と立ち尽くしていた。

二宮は俯いたまま、一言も喋らない。代わりに笑里が、皆の疑問を引き取った。

「でも、私が部屋に入った時、梢ちゃんは確かに血まみれでした。あれは……」

「二宮さんは事前に梢さんの血を抜き取っていたのよ。医療用の注射器か何かでね」

エリスの解説に、二宮が勢いよく顔を上げた。それでも黙ったままの二宮は無視して、エリスは謳うように続ける。

「当日のアンタの行動はこんな感じね。十九時、梢さんに睡眠薬を飲ませたアンタは、まずは強盗が入ってきたかのように部屋を荒らす。一度ベランダに出てから例のマイナスドライバーで鍵の付近のガラスを割り、外部からの侵入者があったように見せかける。ドライバーはそのまま持っていく」

エリスは窓の鍵の辺りを指さした。続けて、指先を人型に描かれたカーペットの上、右手の辺りに移していく。

「次に、床に寝かせた梢さんの手の甲の血管から血液を採取し、簡易的な入れ物に入れて持ち出せるようにする。その入れ物に使ったのが――あなたが毎日飲んでると言ってた、そのボトル型の缶コーヒーよね？」

いつの間にか、ケンは二宮の近くに陣取っていた。ケンは二宮に鞄を開けさせると、今日も普通に入っていたボトル型の缶を見て顔を顰めた。

「さて。梢さんの部屋を出たあなたは、二十二時に笑里ちゃんと一緒に再び部屋に戻ってきた。インターホンを鳴らしたタイミングでスマートスピーカーから例の悲鳴を流し、合鍵で先に部屋の中に入る。缶に入っていた血を彼女の身体にぶちまけ、ぱっと見で死んでるように偽装してから、笑里ちゃんを部屋の中に呼び込み、交番に向かうよう要請する」

エリスの言葉に、初めて二宮が反応した。

「ちょっと待て。交番に直接行くって言い出したのは俺じゃない、笑里ちゃんだ」

エリスはかぶりを振った。

「いいえ、誰が言い出したのかは問題じゃないわ。たまたま彼女が機転が利くタイプだったから、アドバイスが不要だっただけ。いざとなったら自分から言いだすつもりだったんでしょ？」

怯えたような笑里を横目で見やると、エリスは一度息を整えた。

「笑里ちゃんが出て行った後、アンタは悠々と梢さんを刺殺した。注射針の痕を誤魔化すために手の甲の肉を抉り、血を入れていた缶に入れた。腕にも防御創をつけたのは、手の甲の傷を目立たせないためでしょうね。注射器なんかも、このタイミングで一緒に缶に入れたはずよ」

二宮は血走った目でこちらを睨みつけながら、掠れた声で言い返してきた。

「こんな至近距離でスピーカーから悲鳴を流されたら、いくら睡眠薬を盛られていたとしても、梢は目を覚ますだろ。梢が目を覚ましたら、この計画は破綻する」

「あぁ。念のため、睡眠薬で眠らせていた梢さんに、彼女の荷物にあったワイヤレスイヤホンを着けてたんでしょ？　高級なワイヤレスイヤホンには大抵、ノイズキャンセリング機能が搭載されている。完全に音を遮断するのは無理でも、周囲の雑音を大幅に低減することは十分に可能よ」

こともなげに答えるエリスに、二宮が勢いよくかぶりを振った。

「そこまで言うなら、証拠はあるんだろうな。俺がやったという物的証拠は」

エリスは憐《あわ》れむような目で二宮を見つめると、深々とため息をついた。

「アンタは優佑が毎日、二十一時半頃にマンション近くに来てたのを知ってたのね。アンタはそれを利用するつもりだった。万が一、当日に優佑が来なかったとしても『怪しい人影が見えた』と言って、部屋を出るつもりだった。ドライバーと血を持ち運んでいた缶、中に詰め込んだ注射器・手袋・被害者の肉片を――処分するために」

二宮の目が見開かれた。

「アンタはドライバーと缶を持って、非常階段から外へ出た。植え込みにドライバーを捨て、角の自販機まで走っていった。手袋を外し——缶に詰めて蓋をして、ゴミ箱に投げ込んだ。アンタが最短距離でマンションまで戻ってこなかったのは、証拠の詰まった缶をゴミ箱に捨てる必要があったからよ」

目配せすると、ケンがビニール袋に入った缶を寄越してきた。見た目は何の変哲もない、ブラックコーヒーの缶だ。

「事件発生からまだ一週間も経ってないわ。もう、わかるわね？」

エリスは懐から写真を取り出すと、テーブルの上に並べた。真っ赤に染まった注射器、手袋、そして何やら赤い、グロテスクな物体が写し出されている。

「ゴミはまだ回収されてなかったわ。中身にはほとんど指紋が残ってなかったけど、一か所だけあった。缶の蓋よ」

エリスはビニール越しに缶の蓋を指した。

「ギリギリまで手袋を着けてたとしても、缶の中に手袋を隠した状態で、指紋を付けずに蓋を閉めることはできないわ。これがアンタの求めてた、物的証拠よ」

二宮はぱくぱくと口を動かしながら、焦点の合わない目でエリスを見つめていた。やがてぷつりと糸が切れてしまったかのように、どっかりとソファーに座り込んだ。

長い長い沈黙の後、ケンが二宮の傍に歩み寄った。無抵抗の二宮に手錠をかけると、ケンはしゃがんで目線を合わせた。

「小野寺梢殺しの動機は何だ。たかが痴情のもつれで、ここまで手の込んだ真似をする必要はないだろう」

瞬間、二宮の目から大粒の涙が零れ落ちた。今まで我慢してきたものを出し切るかのように、二宮は絞りだすように呟いた。

「別れ話をしたら、梢に脅迫されたんです。殺さなきゃ、俺は医者になれないから」

極端な言い分に、ケンが微かに眉を上げた。泣きじゃくる二宮の代わりに、エリスが続きの説明を引き取った。

「ケンちゃんも疑ってた通り、ホワイトレディは十八歳未満の従業員を雇っている可能性が高いわ。尤もそれはお店側の問題で、二宮さんには関係ない。じゃあ何故、梢さんが二宮さんを脅迫する事態が発生したのか。あくまで予想だけど……」

エリスは笑里に目をやった。笑里はすっかり怯えた様子で俯いている。

「二宮さんは店に友達を紹介してたって言ってたけど……本当はキャストとの買春を斡旋してたんじゃないかしら」

二宮が嗚咽を漏らした。

「梢が悪いんです。そもそも、キャストの買春を持ちかけてきたのはあいつのほうなのに……別れ話をしたら、途端に豹変して」

二宮は洟をすすると、顔をぐしゃぐしゃにしたまま続けた。

「梢は言ったんです。『別れてあげてもいいけど、大丈夫？　今まで紹介してた子の中に、実は十八歳未満の子もいたんだよ。医師免許どころか、人生一発アウトだね』って。勝ち誇るように……笑ったんです」

涙に濡れた二宮の目に、一瞬、炎のような昏く激しい怒りが滲んだ。

「俺はそんなこと、本当に知らなかった。目の前が真っ暗になりました。梢を生かしておいたままじゃ、別れられないだけじゃない。脅されて、たかられて、一生、骨の髄までしゃぶられる。いや、あいつの目的は、最初からそうだったんだ！」

涙を流しながら吼《ほ》えると、二宮はがっくりと肩を落とした。

「だから、殺したんです。医者になるためには、殺すしかなかった」

二宮はそのまま、子どものように泣き続けた。ケンは下で待たせていたパトカーに応援を要請すると、二宮の体を支えて立ち上がらせた。

数分後、梢の部屋にバタバタと複数の警官が入ってきた。身柄を拘束された二宮は一切の抵抗をせず、ただ抜け殻のようにぼうっと虚空を見つめたまま、連行されていった。

残された事件の関係者は、一度マンションのエントランス付近に集められた。関係が薄い槙村は早々に家に戻ることを許されたが、十メートルほど先で、ケンが優佑に今度の流れを説明しているのが見える。

パトカーの後ろの窓から見える二宮の姿は、ただただ弱々しく、憐れだった。自分の未来のため、やむにやまれぬ選択をせざるを得なかった青年の心中を思うと、エリスの中にも何か割り切れない澱《おり》のようなものが残った。

　エリスは一つ伸びをすると、隣で泣きじゃくっている笑里に目をやった。エリスは笑里に視線は合わせず、正面を向いたまま静かに口を開く。

「それで、アンタはいつまで下手な泣き真似してるわけ？」

　笑里が驚いた様子で顔を上げた。

「泣き真似だなんて。エリスさん、酷い」

　くすん、くすん、とぐずる笑里は無視して、エリスは淡々と続けた。

「まったく、上手にアシストしてくれたわよね。何一つ犯罪行為はしてないくせして、やんなっちゃう」

　笑里は目に涙を浮かべたまま、こちらを凝視していた。涙を流しているのに奇妙に感情が感じられない表情は、まるで精巧に作られた人形のようである。

　とんとん、とつま先で地面を鳴らすと、笑里は口を尖らせた。

「エリスさんって意地悪だね。渾身《こんしん》の頭脳プレーはむしろ褒めてほしいとこなのに」

　本気で拗《す》ねている様子の笑里に、エリスは背筋が寒くなった。

　何となく予想はしていたが、この女は——危険だ。

　あらゆる点において、一切の悪意がない。自分のやったことに対して、何一つ良心の呵責を感じていない。

笑里はあっけらかんと、何ならどこか楽しそうにエリスの顔を覗き込んできた。

「恨み言があるなら聞こうか？　エリスさんも色々、言いたいことあるでしょ？」

この女と喋っていると、どうも調子が狂わされる。エリスは額に手をやったまま、ゆっくりと話し始めた。

「そもそも、法律に詳しいとは到底思えない小野寺梢が『十八歳未満の児童買春』の違法性を知っていたとは考えづらいわ。だとすると、彼女にそれを入れ知恵したヤツがいることになる」

笑里はうんうん、と頷いている。腹立たしいほどにあざとい姿に、エリスは一度大きく息を吐いた。

「二宮さんだってそうよ。両親がともに医者で、将来を嘱望されていた彼があそこまで追い詰められたのは、梢さんに脅迫されていたのが直接の原因。アンタはきっと、彼にこんなことを言ったんじゃない？『梢ちゃんが、近いうちに大金が入ってくるとか言ってたよ。どういう意味だろう？』って」

笑里は感心したように、ぱちぱちと手を叩いた。

「凄い、エリスさん。ほとんど合ってる」

「アンタは近いうちに、彼が行動を起こすことを予感していた。だからあの日、梢さんが血まみれで倒れている姿を見た時、すぐに彼の意図を察して――『直接交番に走って行く』なんて、ありがたい申し出ができたんでしょ？」

「いやぁ、照れるなぁ。二宮くんの一世一代の作戦を後押しできて、私も嬉しいよ」

ぞっとするようなセリフを吐いたかと思うと、笑里は美しい黒髪をかき上げた。

さっきから、背中に嫌な汗が伝っていた。善悪も価値観も何もかもがかみ合わない、宇宙人と対峙しているような状況に思わず目眩がしそうになったが——エリスはすんでのところで踏みとどまった。

パトカーの向こう、ケンが心配そうな顔でこちらを見つめている。

その至って人間的な、理知的な憂いの眼差しが、エリスの気持ちを奮い立たせた。

エリスは優佑に持ってきてもらった、事務所の偽カードを取り出した。

「吉田優佑の鞄にこれを忍ばせたのも、アンタよね。尤もアンタは、彼が反応するかどうか、ただ見てただけでしょうけど」

エリスは一つ咳払いをすると、真っ直ぐに笑里の目を見据えた。

「アンタがやったこと一つ一つに、違法性は全くないわ。よってアンタを罪に問うことはできない。おめでとう、完全犯罪よ」

最大限の皮肉を込めたつもりだったが、笑里は不思議そうに首を傾げた。

「もちろん、そうに決まってるじゃん？　私は彼氏と別れたくない友達にアドバイスをして、その彼氏と世間話をしただけ。顔見知りの男の鞄に、カードを入れただけ。でも結果として目障りな女は死んだし、キモい勘違い男は殺人容疑で曝されたし、調子に乗ったボンボンは勝手に自滅した。世の中、何が起こるかわからないね？」

心底楽しそうに噴き出すと、笑里は唇に指をやった。

「私ってね、いっつもこうなんだ。別に悪いことはしてないの。話を聞いてあげたり、面白いと思ったことを、それを求めてる人に教えてあげてるだけ。それなのに何故か皆、私の前からいなくなっちゃう。それって凄く——面白いことだと思わない？」

にっこりと笑みを浮かべた笑里の姿は、天使のように愛らしく、悪魔のように邪悪だった。ペースを持っていかれないよう、エリスは強い口調で問いかける。

「何でアタシを巻き込もうと思ったわけ？」

笑里は目を丸くすると、恥ずかしそうに口ごもった。

「エリスさんは私のこと嫌いかもしれないけど、私は結構、シンパシー感じてるんだよ？　有名YouTuberを廃業に追い込んだり、会社をまるごと潰すよう仕向けたり、めちゃくちゃカッコいいじゃん。だからさ、『合法的な復讐』なんて謳って裏工作してるエリスさんなら、私の気持ちもわかってくれるかなー、なんて……」

一体どこで調べてきたのか、笑里は『裏メニュー』の成果をまるで自分のことのように嬉しそうに語っている。情報管理体制の甘さを反省しつつも、エリスは冷たい目で笑里を睨みつけた。

「わかるわけないわ。そもそもの目的が違うもの。アタシは依頼人の願いを叶《かな》えるために必要な工作だけを行うの。もしうまくいかなかった時も、責任は自分にある」

きょとんとしている笑里に、エリスは更に畳みかけた。

「アンタがやってるのは裏工作なんかじゃない。『無差別に無秩序に、争いの火種をばら撒いてるだけ』よ。無作為だから、当然何の責任も感じない。結果として誰かが苦しむことになっても、面白がって笑いながら見てるだけ。アンタはタチの悪い愉快犯、ただの悪質なテロリストよ」

笑里は本気でむくれたような顔をすると、頬を膨らませた。

「エリスさん、何でわざわざそれを私に言うの？　負け惜しみ？」

「調子に乗ってるアンタに釘を刺すためよ」

短く答えると、エリスは髪をかき上げた。

「アンタを罪に問うことはできなくても、『影山笑里という愉快犯』がいる事実は認知できた。たとえ今後、アンタがどんな争いの種を撒こうとも、その存在を疑うことができる限り――アタシは必ずアンタを見つけ出すわ。地獄の果てまでも追いかけて、絶対に捕まえてやる」

エリスは笑里の顔を覗き込むと、いつもの「女神の笑み」を浮かべた。

「覚えておきなさい。アタシは『悪役を背負う覚悟がないくせに悪さをするヤツ』が、世界で一番嫌いなの」

笑里はすっかり困惑したような目でこちらを見ていたが、やがて呆れたようにため息をついた。

「……エリスさん、怖すぎ。前言撤回。ほんと、二度と会いたくない」

「あら、奇遇ねぇ。アタシもちょうど、そう思ってたところよ」

笑里と視線が交錯する。笑里はぷいっとそっぽを向くと、さっさと近くの警官に帰宅の許可を求めに行ってしまった。


鋭い風が吹く中、エリスはケンと優佑を待っていた。ようやく話がまとまったのか、二人が小走りでこちらに向かってくる。

優佑は土下座でもしそうな勢いで頭を下げると、エリスの両手を取った。

「エリスさん、本当にありがとうございました。あなたは僕の、命の恩人です」

感極まったのか、優佑は顔をぐしゃぐしゃにして泣き崩れた。エリスはそっと優佑の両肩に手をやると、慈しむように目を合わせる。

「もう二度と、アングラ稼業には手を出さないこと。痛い目見るわよ？」

優佑は「はい！」と元気よく返事をすると、敬礼のポーズを取った。優佑はそのままパトカーの一台に乗り込むと、最後までこちらに手を振りながら帰宅していった。

遠ざかる車両の列を眺めていると、ふと、ケンが真顔で問いかけてきた。

「どうだ？　久しぶりにグレーじゃない、真っ当な仕事をやった感想は」

エリスは首を振った。

どうなのだろう、今の気持ちは言葉にするのが難しい。

思うところは山ほどあった。戻りたいと、思わないこともなかった。

だが、それでも自分は決めたのだ――表ではなく裏の世界で、生きていくのだと。

返事代わりに頭を撫でようとしたところで、ケンに乱暴に手を振り払われる。エリスは笑みを浮かべると、心からの本音で呟いた。

「懐かしかったけど、やっぱり性に合わないわね。不和と争いの女神のアタシには、物足りないわ」

この物語はフィクションです。作中に同一の名称があった場合でも、
実在する人物、団体等とは一切関係ありません。

宝島社
文庫

復讐は芸術的に

（ふくしゅうはげいじゅつてきに）

2024年5月21日　第1刷発行

著　者　三日市零

発行人　関川誠
発行所　株式会社 宝島社
〒102-8388　東京都千代田区一番町25番地
電話：営業 03(3234)4621／編集 03(3239)0599
https://tkj.jp
印刷・製本　中央精版印刷株式会社

ISBN 978-4-299-05421-0